JN032952

転生したから思いっきり モノ作りしたいしたい！ 3

著 ももがぶ
ill. riritto

★ガンツ★
工房を経営する
ドワーフ。
ケインの発明品に
目がない。
★ケイン★
本作の主人公。
とにかくモノ作り大好き！
魔法の才能をモノ作りに応用し、
気の向くままに作りまくる。

登場人物紹介
サム
ケインの長兄。
運動神経がよくて
活発。
セバス
領主のお屋敷の執事。
車に乗ると
人格が豹変する。
クリス
ケインの次兄。
経理が得意で、
真面目な性格。
リーサ
素敵なエルフのお姉さん。
ケインの憧れの存在。

1　また乗り物作りでした

気付いたら転生していた俺——ケイン。

すごい魔法の数々を簡単に使える才能に恵まれた俺は、魔法陣(まほうじん)を使って前世で作れなかったモノ作りに挑戦している。毎日気楽に過ごしていこう……と思ってたのに、俺の発明を見た人たちからあれが欲しいこれが欲しいって、いろいろな依頼が舞い込んできた。

そんなこんなで領主様まで俺に依頼をしてきたんだけど、そのご褒美(ほうび)として、広い土地をもらえることになったんだ。

俺はそこを『ドワーフタウン』と名付け、相棒のドワーフのおじさん、ガンツさんと一緒に、橋を作ったり集合住宅を建てたりと、好き勝手に開発しまくっていた。

そんなある日、いきなり父さんから「妊娠中の母さんが産気づいた！」って発明品の携帯電話に連絡が入り、俺は今大慌てで家に向かっているとこなんだ。

自分で作ったモーターハンググライダーで飛んでる最中に父さんから連絡を受けた俺。

空港に着陸し、すぐに領都(りょうと)の家へ繋(つな)がる転移ゲートを魔法で作る。

「母さん！」

俺の声が家の中に響(ひび)き渡る。

「あら、ケイン。どうしたの？　そんなに慌てて」

母さんが心配そうに問いかけてくる。

あれ、ケロッとしてない？

「え？　だって、え？」

ちょっと待って、なんかおかしい。母さん、いつもと変わらないじゃん。

さっき、母さんが産気づいて大変だって連絡が入ったばかりなのに。

そんなことを考えていると、母さんの後ろで父さんがなんだかすまなそうな顔をしているのに気付く。

「ごめん、母さんなんでもない。父さん、ちょっといいかな？」

「お、おう。向こうで話そうか」

父さんに目配せすると、父さんがそう言って立ち上がる。

「変なケインね」

母さんは微笑(ほほえ)みながらお腹をさすっていた。

俺と父さんは母さんのいた部屋を出ると、リビングに入り、ソファに腰を下ろした。

そして……

「どういうことなの⁉」

俺は父さんを問いつめる。

「すまん！」

「いや、それはいいから。何があったのか教えてよ」

「いや～、まあ、話すのはいいんだが……」

俺が催促すると、父さんが言葉を濁す。

その様子を見て、リビングにいた長兄のサム兄さん、次兄のクリス兄さん、二人合わせて兄ズが口を開く。

「父さん、ちゃんと話しなよ」

「そうだよ父さん。僕たちも巻きぞえを食ったんだからね」

「クリス、巻きぞえってお前は……」

「いいから！」

「……はい、話します」

兄ズに怒られ、父さんがようやく口を開いた。

そこで明かされたのは、母さんがお腹を押さえてうずくまったのを見た父さんが、勘違いして産気づいたと思い込んだって話だった。

そんな話を聞かされ、俺はただただ呆れてしまった。

「ねえ、父さん」

「なんだ」

「母さんの出産、もう三回も経験しているんでしょ。普通間違える？」

「そ、そうだったかな？」

「そうだったかなって、俺たち三人兄弟なんだから当たり前でしょ!?　ハァ〜。まあ、しょうがないか。父さんだし」

俺が諦め気味に呟くと、兄ズも父さんのマヌケさに呆れた様子で同意する。

「それもそうだね。父さんだもんね」

「そうか。そう考えれば納得か」

「お前たち、少しは年長者を敬うということを……」

「あ！」

「……どうした、ケイン」

急に大きい声を出した俺に、父さんが聞いてくる。

実は、あることを思い出したんだ。

父さんの連絡を受けた時にガンツさんも一緒にいたから、母さんが出産しそうだと勘違いさせっ放しのままだよね。

「もう、父さんのせいだからね！」

「……すまん」

そのことを父さんに説明すると、また謝ってきた。

俺は携帯電話を取り出し、ガンツさんに連絡を入れる。

母さんのことは父さんの早とちりだったこと、そのせいで心配かけてしまったことを謝る。

それからすぐに、いつも通りの母さんの声が聞こえてきた。

「夕食の準備ができたわよ～」

みんなで「は～い」と返事をする。

ま～、でも母さんが無事でとりあえずホッとしたよ。

というか出産間近なのは本当だから、俺も普段から気を引き締めとかないと。

そんなことを考えつつ、一日が終わった。

そして数日後。

いつものように仕事を終えて、転移ゲートでドワーフタウンから領都に移動する。ガンツさんを先に送った後、自宅のリビングにゲートを繋ぎ、家へ帰った。

「ただいま～」

帰ってきた瞬間、そう声を掛けると……

「おかえり、すぐにご飯にするから手洗ってきなさい」

と母さんの声が聞こえた。

「は～い」

返事をしつつ、手を洗ってリビングに向かう。

そしたら、クリス兄さんがテーブルの向こうから話しかけてくる。

「ケイン、この辺りの商店主の人たちからは大体話は聞けたよ。後でリストを渡すね」

そういえば、ドワーフタウンにショッピングモールを作って、領都で商店をやってる人たちに店舗を出してもらおうって話があったな～。

「ありがとう。で、どんな感じなの？　やっぱり新しい町はイヤとか言ってる？」

そう俺が尋ねると……

「それがさ、そうでもなくてね。もうドワーフタウンのことは結構話題に出ているよ」

クリス兄さんが答えた。

「うわぁ。確かに情報規制はしてないけど、みんなもうドワーフタウンについて知ってるなんて、早いね」

俺が驚いて言うと、クリス兄さんはニヤリと笑う。

「そりゃ、ケインが好き放題してるってことが大きいんじゃないの？」

「俺はそんなにやらかしているつもりはないんだけどね～」

「あらら、困ったことに本人には自覚がないんだね」

クリス兄さんは呆れた顔で言う。

言われてみれば、自分の行動がどれだけ影響を及ぼしているかなんて全然考えず、好き放題モノ作りしてるからな～。

毎回しているような反省を今回もしてたら、さっきからリビングにいた父さんがいきなり会話に入ってくる。

「ケイン、クリスも言っていたが、すでにドワーフタウンについては噂が広がっているぞ。ガンツさんとケインで好き放題モノ作りをしまくっているんだってな」

「ぶっ、父さんまで知ってるほど噂になってるの？　なんでそんなことに？」

再び驚いて父さんに尋ねる。

「そりゃガンツさんの工房にいたドワーフの集団が消えたんだ。みんな気にはなるだろう」

「あ～、そっか。みんなドワーフタウンに移住したしね」

実は先日、ガンツさんの工房で働いているドワーフたちや、ガンツさんの故郷であるドワーフの里の人たちに、まとめてドワーフタウンに移住してもらったんだよね。これから開発するにあたって、人手がたくさん必要だからね。

「ああ、派手にやりすぎだぞ。それと街の前にあるあの橋な。あれだけ大きいといろんな人が目にする。その橋の先にドワーフタウンがあるんだ。そりゃ興味も湧くってもんだ」

父さんはそう言いながら、やれやれって感じで頭を横に振った。

「で、話を戻すけど、ドワーフタウンへの出店のことね！」

クリス兄さんが、話題を軌道修正した。

「意外と乗り気な人たちが多いんだ。だから説明会みたいに一度に集まって話を聞いてもらった方がいいかもしれないね」

「そうなんだね、分かったよ。じゃその辺はクリス兄さんに丸投げするので、いい感じにしといて！　お願いします」

俺はクリス兄さんにそう頼んだ。

「そうだろうと思って、ある程度はまとめているから、後で日程の調整だけ確認してね」

ニコッと微笑んで言うクリス兄さん。

クリス兄さんってなんでもできるから、本当に助かるんだよね。

「クリス兄さんが有能すぎる！　ねえ、いっそ俺の秘書になって助けてくれない？」

半分冗談で言ってみる。だって、もしクリス兄さんが秘書になってくれれば、仕事ももっとスムーズに進むだろうし。

でも、クリス兄さんはすぐさま答える。

「ごめん、それは無理だ」

「ええ～、即決か～」

ちょっとがっかりしていると、クリス兄さんが言う。

「いや、勘違いしないでほしいんだけど、その話はかなり魅力的だよ。何せケインの側にいるんだからね。口を閉じる暇もないくらいに驚きっぱなしな楽しい毎日になることも予想できるんだ。だけど僕は人と人を繋いで商売している方が気に入っているんだ。ごめんね」

「もう、そうやって褒められると、強くは言えないじゃん。でも秘書は欲しいな～」

俺がぐちぐち言っていると、父さんが「なんなら、俺の方のツテで聞いとこうか？」と提案してくれた。

「ええいいの？　仕事はかなりハードになると思うけど」

「その辺は条件次第だろうな。とりあえず人は集めてみるわ」

「ありがとう、お願いね。父さん」

俺は父さんに頭を下げた。

なんだかんだで話が終わると母さんがリビングに顔を出した。

「話は終わった？　ご飯にしましょうね」

「……もしかして俺っていらない子？」

「サム兄さん、ほら支度手伝って」

自分は話に入れなくてショックを受けているサム兄さんをスルーして、俺と兄ズと父さんは、一緒にダイニングに向かうのだった。

次の日、俺はガンツさんの工房へ行くために、転移ゲートを繋ぐ。

工房に着くと、ガンツさんがいつものようにガラクタをいじっていた。

でも、今日はなんだか考え込んでるみたい。

「どうしたの、ガンツさん」

「おう、ケイン。実はな、ドワーフタウンへの移住騒ぎでな。ドワーフタウンとドワーフの里を行ったり来たりしたいという者がいっぱいいてな。どうしたもんかと思っているんだ」

そりゃそうだよね。長く住んでた故郷をいきなり離れたら、誰だって嫌だよな。

「ならドワーフタウンとドワーフの里を行き来できるようにしたいけど、う〜ん。まだ車も運転できる人は少ないし、実際には難しいよね」

ガンツさんも頭を捻（ひね）る。

「だな、どうするかな～」

そう言って悩むものの、結局結論は出てこない。

俺はある提案をしてみる。

「そしたら、いっそ列車を通してしまおうか？」

ガンツさんは驚いた顔をした。

「でも、列車の運転なんてできないだろ？」

「そこはほら、スラレール形式で」

前世にあったレールの上を電車が走るオモチャを参考に、以前『スラレール』という発明品を作ったんだ。あれと同じ形式にすれば、運転が難しいなんてことはないからね。

……いや、本当はスラレール形式だろうがなんだろうが、人を乗せて運行して駅に停めるには操作が必要だから、運転が簡単なんてことはないんだけど。でも、そこは異世界だから。

俺のイメージ通りの魔法を発動させられる自己流魔法陣を電車に組み込めば、その辺もなんとかなるでしょ。

スラレールの話を聞くとガンツさんも運転技術のことは考えてないみたいで「おお、あれか！　なら誰でもできそうだな」と目を輝かせていた。

「でしょ。安全確保のために駅に人を用意しておけば難しい話じゃないと思うんだ」

運転を簡単にする方法は特に思いついてないけど、とりあえず自信たっぷりに答える俺。

「そうだな。よし、じゃあケイン、後は頼むぞ」

ガンツさんはニヤリと笑った。

「え～、やっぱり俺なの」

またこき使われることになってついぼやくけど、まあ仕方ないか。俺しか作れないし。

「じゃ、ワシは向こうに送ってくれ」

ガンツさんが図々しく言ってきて、俺は転移ゲートをドワーフタウンの工房に繋げて見送った。

その後で俺は領主のデューク様のお屋敷に行き、鉄道を建設する許可を取ってまた戻ってきた。デューク様は試運転に呼んでほしいと騒いでたものの、建設の許可はあっさりしてくれた。

で、俺はというと、ドワーフタウンの自室に引きこもって脳みそをフル回転させている。

何に頭を使ってるかというと、敷設（ふせつ）する鉄道のレイアウトについてだ。

「まずは橋の扱いだな～」

ドワーフタウン前の橋はもうできあがってるから、もう動かすことはできない。

だからそれを考慮に入れて、街の中の鉄道をどう走らせたらいいかなと考える。

となると、線路は全部高架にするのが一番よさそうかな。

「車両を停めておく車両基地はここにするしかないか～。ポイントの切り替えはどうするかな～」

いろいろと考えて、運転についても駅の手前で車両が自動的に減速するように魔法陣で制御することに決める。

「じゃあ、最初の敷設を始めようかな」

俺は領都の手前に転移ゲートを繋いだ。

それからトロッコみたいな車両を魔法で「えぃっ」と作って乗り込む。俺の魔法、チートすぎて適当に「えぃっ」ってやれば大体のものが完成するんだよね。

その車両で移動しながら、今度は領都の城門からちょっとだけ離れた場所に行き、「えぃっ」と高架を建設する。

さらに駅を作り、階段やエレベーターなんかを追加して、人が駅へ昇り降りするのも可能にした。

「よし、ドワーフタウンのある新都市まで繋げていくぞ～」

ちなみに新都市っていうのは、デューク様に頼まれた遷都(せんと)先の都市の仮称だ。

いちおう俺が開発を頼まれてたんだけど、ドワーフタウンの土地をもらって以来そっちにかかりきりで、ドワーフタウン以外の開発は何もしてない。

まあ新都市の開発は頼まれたけどタダ働き前提だったたし、デューク様たち大人の偉い人がなんとかするでしょ。

とか思いつつ、俺は高架の上に、また「えぃっ」とやって線路を敷き始める。

時々、上空に用意したドローンを使って作った高架や線路の位置を確認しながら、新都市のドワーフタウンまで線路を延ばしていった。

そんなこんなで、数時間掛かったけど、ドワーフタウンの橋まで線路を延ばすことができた。

そこでいったん休憩。昼食を取るために、ドワーフタウンの集合住宅の食堂へ足を運ぶ。

食堂に行くと、ガンツさんと、ガンツさんの昔からの知り合いのドワーフ、ガンボさんも昼食を取りに来ていた。

俺も一緒に食事をしようと思って同じテーブルへとお邪魔する。

「ケイン、また何かやっているらしいな。ガンツから聞いたぞ」

ガンボさんが食事をしながら話しかけてきた。

「ガンボさんにも関係あることですから、後で話しますね」

ガンボさんは疑問そうな表情で……

「何か含みがあるの。まあええわ。じゃ、お先にな」

と言って去っていった。

食事を終えたら、ガンツさんが興味津々に聞いてくる。

「ケイン、さっきチラッと見えたが、もうここまで線路を引っ張ってきたのか？」

「そう、橋のところまで線路を敷いたんだよ」

「なら、ガンボに駅の場所をどこにするか確認しとけばよかったんじゃないのか？」

確かにそうだな～。ガンボさんはドワーフタウンの開発を主に請け負ってくれてるから、本当は話を通さなきゃだよな。

「そういえばそうだね、けど『後で』って言っちゃったし、いいや」

でもめんどくさいので、事後報告にすることにした。

ガンツさんは「適当だな」と呟いてたけど、「ふふっ、今さらだよ」と笑って言ったら、「だな」と苦笑いしながら頷いていた。


昼食を済ませた後で外に出て、鉄道の敷設作業を再開する。

今度はドワーフタウン内に駅を設置する作業に取りかかった。

さらに駅に上がるための階段、エレベーター、車両基地も設置していく。ドワーフタウンの駅と線路は、これでほぼ完成かな。

作業を終えてドワーフタウンの工房に転送ゲートを繋げて戻ると、まだガンツさんがいた。

「あれ、ガンツさん。なんか用事でも残ってた？」

「用事というか、な。アレをな」

「アレ？」と聞き返すと、「今日敷設していただろ。列車はいつ試運転なんだ⁉」と興奮気味に聞いてくる。

「試運転も何も、今さっき敷設が終わったところだし、車体ができてないから」

「なら一時間後とかか？」

「いや、もう日が暮れているんですけど！」

も～、本当に新しい発明品中毒の乗り物中毒だよね、ガンツさん。

仕方なく俺は、ガンツさんを落ち着かせるために魔導列車の車体を作って見せてあげることにした。

というわけで「えぃっ」と魔法で列車の車体を作り、ガンツさんをその前に引っ張ってくる。

「ガンツさん、魔導列車の一つはこんな感じで作ってみたんだけど、どうかな？」

「どうかなってケイン、これはなんなんだ？」

ガンツさんに見せたのは蒸気機関車を模した魔導列車だ。

見た目は蒸気機関車だが、煙突から出るのは単なる水蒸気で実際には蒸気機関は積んでいない。動力も魔法陣を組み込んだ魔導モーターだ。

ただ、大きな動輪が動くのは現代日本の電車では見られない仕組みなので、『鉄』とか『メタル』とかの要素に興奮するガンツさんにはウケるはずだと思ったんだよね。

そんなことを説明した後、「で、どう？」と俺が聞くと、ガンツさんは目をキラキラさせながら、じっくりと魔導列車を見る。

「そうだな。これだけ大きい動輪が動くのを見るだけでも、なんだかこう、グッと来るものがあるな」

「でしょ。鉄とかメタルのロマン、ガンツさんなら分かってくれると思っていたよ」

「だが、見かけだけ蒸気を使っているのは、ちょっともったいない気がするな」

「う～ん。でも、蒸気機関が温まるのを待ってたら時間が掛かって、電車の運行がスムーズにいかないからね。ただ、イベントとして走らせるのなら、本物の蒸気機関車を作るのはありかもね」

「うんうん、そうだな。今は見た目が同じってだけだが、いつかは実際に蒸気機関で走らせてみようじゃないか」

「うん、それいいね！」

蒸気機関はもう発明済みだし、魔導列車が落ち着いたらやってみるのもいいかもな～と思いながら、その日の作業は終わりにした。

2　鉄道の旅でした

こうして魔導列車を作る作業が大体終わり、俺は、ちょっと息抜きをしたくなった。

魔導列車の試運転も兼ねて、何か新しいことをやってみたくなったんだよね。

「この線路、どこまで延ばせるかな？　未開の地まで行けたら楽しそうだよね」

そんなことを思いついた俺は、工房で作った魔導列車に乗り込んで、まだ行ったことのない方に行ってみることにした。

魔導列車に乗ったまま、どんどん線路を延ばしていく。

こうやって線路を延ばしていく作業、結構楽しいんだよね。

周りには森が広がっていて、木々の緑が気持ちいい。枝には鳥がいて、のどかな感じの景色が広がっている。

「こういう場所って、癒されていいな〜。今度家族で来てもいいかも！」と思いながら、線路をどんどん延ばし続ける。

そんなことをやってると、気がついたら森を抜け出して、広い野原に出ていた。

「おお〜、これはいい眺めだね」

一人なのに、思わず声を上げてしまう俺。

野原の中には牧草がたくさん生えていて、遠くに羊に似た生き物がいるのが見える。

「あれ、あれはなんだろ？　羊っぽいけど、それにしてはまん丸すぎるし、モコモコすぎない？　どうせなら近くで見てみよっと」

そう思って魔導列車を降りて近付いていくと、やっぱりそれは普通と違ってて、変わった外見の羊だった。

顔が見えないくらい全身雲みたいなモコモコの毛に覆われていて、ちょっとジャンプするとしばらくフワフワ浮いている。

「へ〜、こんなところにこんな生物がいるんだ。ちょっと変だけど、結構カワイイね。名前はなんだろ？　とりあえずファンタジー羊って呼んでおくか」

そんなことを思いながらその生き物たちを眺めて、新たな発見にニマニマする。

指でつついてみると、フワフワした羊たちの感触は見た目通り雲みたいな感じで、顔がどこなのかさっぱり分からなくてなんだか面白い。

これって人に懐くのかな？　逃げていかないし、とりあえず大丈夫そうだよね。

そう思い、ファンタジー羊たちの前でぴょんぴょん跳ねてみる。羊たちも俺の動きを真似て、ぴょんぴょん跳ね始めた。

羊たちがちょっとジャンプすると、まるで風船みたいにフワフワ浮いている。

楽しくなってずっと跳ねてはしゃいでたら、野原の向こうの木の後ろに、人影がちらっと見えた。

え？　人がいるの？

俺が様子を窺うと、こっちをジーッと見てるみたいだった。すごくオドオドしてるんだけど、恥ずかしがり屋なのか？

「えっと……誰？」

声を掛けてみたら、恥ずかしそうに顔を出したのはピンク色のロングヘアーで三つ編みの女の子だった。垂れ目で気弱そうだけど、どことなく清楚な雰囲気を纏っていて、かなり可愛い。

「あの、こんにちは……」

女の子は小声で挨拶をする。

「私、ルミィって言います」

「ルミィ？　俺はケイン。よろしくね」

「「………」」

挨拶した後ルミィが黙るので、俺も黙ってしまった。

「あの、どうしたの？　俺に用があったりする？」

「え、えっと………」

「「………」」

また黙る俺たち。

えっ、なんなのって思っていると、ルミィがファンタジー羊をジッと見ていることに気付いた。

俺もつられて羊を見たら、羊の首には首輪みたいな紐（ひも）がついている。

「あっ、もしかして……ルミィの羊なの？」

そう言ったらルミィはコクリと頷いた。

「あの、勝手に羊たちと遊んじゃって、ごめんね」

俺はルミィに謝った。

ルミィは小さく首を横に振る。

「いえ、大丈夫です……」

「ほんとに？　よかった〜」と安心する俺。

「ところでこれ、ルミィの羊たちなんだよね？　何か特別な種類の羊なの？」

そう尋ねるとルミィは少し考えてから、ボソボソと喋（しゃべ）り始めた。

「その……この羊、『フワフラム』っていう種類なんです。フワフラムは風船みたいに浮くことができて、それが特徴なんです。それでフワフラムと名付けられました」

「ああ～、だからこんなにフワフワと浮くんだね。でも、どうして浮くんだろう？　魔法か何か？」

ルミィは少し困った顔をした。しばらくして、またボソボソと喋りだす。

「それは……普通の羊は胃が四つあるんですが、フワフラムには八つも胃があって、消化する時に空気が溜まって膨らむんです……その時空気より軽い気体が集まるので、草を食べるとフワフワ浮くんですよ……」

声はボソボソしてるけど、羊のことになると少しは話してくれるみたい。

「ほんとに!?　すごいね～。自分で浮けるなんて、羊たちは楽しいだろうな」

俺は驚きながらも、ファンタジーな羊たちの生態に感心した。さすが異世界だけあって、変な生き物がいるんだな～。

「………」

でもルミィはすぐにまた無言になってしまった。かなり内気な子みたいだ。

けど、俺はなんだかんだでルミィが気になって仕方なかった。

「ルミィ、君はこの辺りに住んでるの？」

「えっと、その……森の向こうにある村に住んでます」

また小声で答えるルミィ。

「へー、それなら近くに住んでるんだね。また一緒に遊ばない？」

俺が提案すると、ルミィは顔を真っ赤にして頷いた。

「え、えと……ありがとうございます。また来ます……」

そう言ってルミィは小さく微笑んだ。

その笑顔を見て、俺も嬉しくなる。

「よし、それじゃあまたね。ルミィ、羊たちも！」

そう言って手を振ると、ルミィもお返しに手を振ってくれた。

その後俺は魔導列車に乗り、ひとまず引き返すことにした。

今日は楽しかったな～。新しい友達ができたし、羊たちも面白かったたし。

でも一番印象に残ったのは、内気だけど可愛いルミィの笑顔かな。

「また会えるのが楽しみだな～」と、俺は一人で微笑んだのだった。

◇◇◇

次の日の朝起きると、リビングに向かう。リビングに入ると兄ズはもう起きていて、テーブルについていた。

「おはよう、ケイン。昨日は何してたんだ？」

「サム兄さん、ケインは昨日魔導列車の試験運転をしてたんだよ。それでケイン、どうだった？」

サム兄さんとクリス兄さんが立て続けに聞いてきた。

「う～ん、まあなんとかなったよ。でも途中で珍しいことが起きてさ」

そう言って、昨日の出来事を話し始める俺。

「……でさ、フワフラムっていう羊と出会ったんだよ。その羊たちは食べ物を食べるとふわっと浮くんだよ。それに、そこにルミィって子がいてさ」

サム兄さんとクリス兄さんは驚いた顔をしながら、俺の話を聞いている。

「羊？　何か特別な羊？」

クリス兄さんが興味津々に尋ねてきた。クリス兄さんは目新しい情報を聞くと興奮するんだよね。

「そんな羊がいるのか？　俺も見てみたい！」

サム兄さんも興奮気味に言う。

「それに、そのルミィってはどんな子なんだ？」

「ルミィは、すごく内気な子でさ。でもかなり可愛いんだよね。羊たちの世話をしてるみたいだよ」

サム兄さんに聞かれて俺がそう言うと、兄ズの目がさらに大きくなった。

「俺もその羊と遊びたい！」とさらに興奮するサム兄さんと、「僕もその羊たちと遊びたいな。それに、そのルミィって子にもっと詳しく聞いてみたいな」と言うクリス兄さん。

兄ズがテンションが上がったみたいなので、俺は提案してみる。

「じゃあ、みんなでピクニックにでも行こうか」

兄ズは大喜びし、二人ともすごく嬉しそうに頷く。

「それなら、今日の昼食はお弁当にして、ピクニックにしようよ」

「うん、それいいな！」

「それはいい案だね！」

俺が言うと、兄ズは揃って賛成してくれた。

「母さん、俺たち、ピクニックに行くからお弁当作って！」

「よし、じゃあ母さんにお弁当を作ってもらおう！」と俺が言い、サム兄さんとクリス兄さんと一緒にキッチンに向かう。

サム兄さんが元気いっぱいにお願いすると……

「もー、急ね。でもいいわよ」

母さんはそう言いつつ、すぐにお弁当を作り始めてくれた。

母さんっていつも忙しいのに、俺たちの頼みを断らないでくれるんだよね。

お弁当が完成すると、母さんは一つ一つの中身を説明してくれた。

「これはサムの好きなハンバーグね。ケインとクリスも好きでしょ？　それから、これはサンドイッチ、これは野菜の煮物」

母さんがそんな風に説明してくれると、あまりに美味しそうで俺たちは口をあんぐりと開けて見入ってしまった。

「ほんとにありがとう、母さん！」

俺たちは一斉に母さんにお礼を言う。

「今日は楽しい日になりそうだな～」

そんなことを言いつつ、ワクワクしながらお弁当を手に家を出る。

「よし、行くぞー！」

俺たちは転移ゲートを通って、領都の魔導列車のところに兄ズと移動した。

「おお～、これが魔導列車か！」

魔導列車を見た瞬間、サム兄さんは興奮して声を上げた。

クリス兄さんも口をポカンと開けて、魔導列車を見つめていた。

「それにしても、デカイよね。中はどんな感じなのかな？」

俺はニヤリと笑って、「乗ってみれば分かるよ」と答える。

それから兄ズと一緒に魔導列車に乗り込んだ。

車内はすごく広くて、窓から見える景色がきれいだから、テンションが上がるんだよね。

「よし、出発だ！」

そう言って、俺は魔導列車を発車させる。

列車がゆっくりと動きだす。それからしばらく走ると、青空が広がり、緑の丘が見えてきた。

「わあ、ここってこんなに景色がきれいだったんだね～」

クリス兄さんが感嘆の声を上げている。

「ほんと、風が気持ちいいな～」

サム兄さんも楽しそうだ。

列車が走っていくと、窓の外に広がる風景がどんどん変わっていく。

天気がよくて、緑がいっぱいの牧草地がずっと続いている。兄ズはその景色に夢中になっていた。

「すごいな、こんなに広くて緑がきれいな場所があるんだね」

「風景が最高だよね～。ピクニックするにも最高の場所だよ」

サム兄さんに続いて、クリス兄さんはそう言った後にっこりと笑って……

「こんな景色、なかなか見れないよ。ケイン、ありがとう！」

とお礼を言ってくれた。

俺も嬉しくて笑顔になっちゃうな～。

「でも、まだこれからが楽しいんだよ！」

そう言って、また魔導列車の運転に集中する。

しばらくすると、目指していた牧草地が見えてきた。

「よし、そろそろ着くよー！」

そう言いながら列車の速度を落としていく。

兄ズはワクワクした顔で窓から外を見ている。

「やったー！　早く羊と遊びたいな」

サム兄さんが満面の笑みを浮かべる。

「それに、ルミィって子にも会えるんだよね？」

クリス兄さんも楽しそうだ。

しばらくして魔導列車が牧草地に到着したので、完全に停止させる。

「よし、じゃあ行こうか」と言って、俺は兄ズを外に誘う。

「あそこが、昨日出会ったフワフラムがいる場所だよ」

俺は草原を指差して、兄ズに説明した。

サム兄さんが興奮して叫ぶ。

「うわぁ、ほんとに羊がいる！」

「それに、空気がすごく澄んでるな～」

クリス兄さんも感心していた。

「じゃあ、早速みんなでルミィと羊たちに会いに行こうか」

俺はにっこりと笑って、兄ズを促した。

俺たちは草原を進んで、フワフラムたちのもとへと向かう。

緑色の草原では、まるでぬいぐるみみたいに可愛いフワフラムたちが遊んでいる。

その光景を見て、兄ズは目をキラキラさせながら大喜びだった。

「おおっ、見ろよ！　あのフワフラム、空に浮かんでるな！」

サム兄さんが指を差して驚いていた。

「本当だ！　これがフワフラムか。すごいな〜」

クリス兄さんも目を輝かせる。

「よーし、それじゃあ一緒に遊ぼうか！」

俺は言って、サム兄さんとクリス兄さんと一緒にフワフラムたちのところへ駆けていった。

クリス兄さんが「うわー、可愛い！　触ってみていい？」って俺に聞いてきたから、「大丈夫だよ、優しく触ればね」って答えておいた。

実はよく知らないけど、大丈夫だろう。多分。

そうこうして三人でフワフラムたちと遊び始め、一緒に跳ねたり、追いかけっこしたりして、時間を忘れて遊んでしまった。

「一緒に遊べるなんて、夢みたいだな！」

サム兄さんがはしゃいでいる。

「本当だよ。こんな羊が本当にいるだなんて信じられないね」

クリス兄さんも興奮していた。

そんな楽しい時間はあっという間に過ぎていった。

「おい、あのフワフラム、なんか変じゃない？」

急にサム兄さんに言われて、指差したところを見る。

すると、一匹のフワフラムが空に浮かんでいた。でも普通と違って浮いたままで地面に降りてこない。

「様子がおかしいね」

「大丈夫なのかな？　一体どうしたんだろう」

俺とクリス兄さんも心配になって見上げる。

「うーん、もっと近付いて見てみようか」

俺がそう提案して、兄ズと一緒にそのフワフラムのところへ歩いていった。

その時突然、ルミィが現れた。前会った時のように無言で、なんだか顔色が悪い。

「ルミィ、何かあったの？」

俺が問いかける。

その瞬間、ルミィが泣きだしてしまった。涙が流れて、止まらない様子のルミィ。

「え、何、どうしたの？　ルミィ、大丈夫？」

俺と兄ズは大慌てでルミィに駆け寄った。

まだ知り合ったばっかだけどルミィの泣く顔を見ると、どうしても心配で気になっちゃうんだよね。

俺は兄ズと一緒に、早くどうにかしてあげないとって気持ちになった。

「ルミィ、泣かないで。どうしたの？」

俺が問いかけると、ルミィはゆっくりと話し始めた。

「フワフラムたちは、毎日湖から水を飲んでるんです……でも、最近、湖にすごく大きい魚が住み着いて、フワフラムたちが水を飲みに行けなくなっちゃったんです……」

「へえ、そうなんだ。じゃあ、水を飲まないとフワフラムは空に浮いたままになっちゃうってこと？」

クリス兄さんが驚いたように尋ねる。

「うん、だから空から降りてこれない子が出ちゃったんです……水を飲むと、体の中の空気が抜けるから、ちゃんと地上にいられるんですけど……でも、今は……」

ルミィの話を聞いて、俺はなんとかしてあげたいという気持ちがさらに強くなった。

「じゃあ、水を飲ませに行こうよ！　湖に行って、その魚を追い払えばいいんだよね？」

俺は提案する。

でも、ルミィはまた泣き始めてしまった。

「ええ、どうしたの？　大丈夫だよ、俺たちも手伝うから魚をなんとかしよう？」

俺はルミィ元気づけようとする。

「でも、でも、その魚、すごく大きくて怖いんです……私の村の大人にも言ったんですけど、誰も近付けなくて……でもフワフラムが好きな水は湖の水だから、他の水はダメで……」

困った顔になるルミィ。また泣きそうになっている。

慌ててルミィに言う。

「大丈夫だよ、ルミィ。俺たちが一緒に行くからさ」

「デカイって言っても魚だろ？　驚かせればいなくなるって！　多分」

俺が言うと、サム兄さんも続けて適当なことを言う。

「……本当に？　でも、大人でも追い払えなかったので、危ないかもしれないです……」

顔を上げたルミィはまだ心配そうにしている。

「大丈夫だよ、ルミィ。サム兄さんもクリス兄さんもいるし、みんなでなんとかするから。それに、浮いたままのフワフラムたちは助けてあげないとだよ。ね？」

俺は兄ズにそう言って目配せした。

兄ズもニコッと笑って、「「うん、一緒に行こう！」」と言ってくれた。

「……みなさん、ありがとうございます！」

涙目だけど嬉しそうな表情のルミィ。

よかった〜、やっと泣きやんでくれた。

「それじゃあ、みんなで湖に行こう！」

俺たちみんなに伝えて出発する。

湖に向かう途中で空を見ると、まだ浮いているフワフラムたちが、道を歩いている俺たちのことを見ていた。

「大丈夫、みんなが水を飲めるように行ってくるからね！」

そう声を掛けると、フワフラムたちは事情を分かったみたいな顔で、首を縦に振りながら見送ってくれた。


俺たちはルミィに案内されて、フワフラムたちがいつも水を飲む湖へと到着した。

湖は水が透き通ってて、底には小魚たちが泳いでいる。水鳥も泳いでて、どう見ても平和そうな雰囲気だった。

「ここにそんなデカイ魚がいるなんて信じられなくない？　きれいで穏やかそうにしか見えないもん」

俺が言うと、クリス兄さんも同意してくれた。

「そうだね、そんなに怖そうには見えないかな。魚なんて、ちっちゃいのしかいなさそうだよ」

でもその時、サム兄さんが湖を覗き込んで、「おい、ここに何かいるぞ」と言ってきた。

「え、何？　何がいるの？」

俺たちはみんなで湖に顔を近付ける。

次の瞬間『ザッパー！』と音がして湖の中からすごい大きな魚が現れた。

「うわあああ！」

サム兄さんが叫ぶ。

「ほんとにいた！」

「こいつ、すごくデカイよ！」

俺が驚いて叫ぶと、クリス兄さんも言う。

魚は跳ねた後、またすぐ湖の中に潜（もぐ）っていったけど、こんなデカさの魚が泳いでいたとかびっくりした。

ちょっとブルーギルっぽい形をしているけど、どちらかというとブラックバスみたいな形に近い。

体もブラックバスのように筋肉質で、目が細くて鋭くて、歯がギザギザだった。身体だけじゃなく背中についてるギザギザしたひれも大きくて、全体がごつごつしていた。

色は暗くて、背中の部分が真っ黒、腹の方は青っぽい色だ。

その魚は湖の中央あたりで、ゆっくりと泳いでいる。

「や、やっぱりいたんだ！」

俺が驚いて呟くと、兄ズもビックリしている様子だ。

「本当にデカイ魚だな」

「こんなの見たことないよ。どうすればいいんだろう？」

ルミィは魚を見て怖がっている。

「や、やっぱりこんな大きい魚を追い払うなんて、できないです……」

ルミィはまた涙目になってしまった。

「だ、大丈夫だよルミィ〜！　なんとかするから。一緒に考えようよ！」

俺はルミィの背中をぽんぽん叩いて慰(なぐさ)める。

「でも、でも……」

また泣きそうになるルミィ。

「ルミィ、泣くなよ。俺も最初はびっくりしたけど、まあ多分だけどなんとかするからさ！　確かにデカイけど魚は魚だろ？　釣ったら食べれるかもしれないし。あれだけデカイならめちゃくちゃ満腹になるだろうな〜」

サム兄さんがよく分からない理屈でルミィを慰める。

ルミィはサム兄さんの脳天気な励ましを聞いて、ちょっと笑顔になった。

「は、はい……」

「そうだよルミィ。ほら、こういう時は冷静にならないとね。魚が湖に現れたのはいつからなのかとか、何か原因に心当たりがないか聞かせてくれるかな？」

クリス兄さんも冷静に問いかける。

ルミィはみんなに声を掛けられてホッとしたのか、気持ちを落ち着けられた様子で喋り始めた。

「えっと……最近日照りがあったので、水不足で困らないようにって、湖の水を溜めておくためにせき止めたんです。それから、なんだか藻がいっぱい発生して……それから、魚が現れたと思います」

「なるほどね」

クリス兄さんがニヤリとして言った。

「藻が発生したってことは、それでバクテリアとか小魚が増えて、餌を求めてデカイ魚が現れたのかもしれないね！」

「おおっ！　なるほどな！」

サム兄さんが、分かってるのか分かってないのかよく分からない感じで反応する。

俺も感心して「クリス兄さん、ほんとに頭いいよね。そういうのすぐに分かっちゃうんだ。すごいな～」と言った。

「ありがとうサム兄さん、ケイン。でも、これはただの仮説だからね」

サム兄さんだったらすぐ調子に乗りそうだけど、クリス兄さんは冷静だった。

「とにかく、ルミィ、事情を教えてくれてありがとう。これから一緒に、魚をなんとかできるようサム兄さん、本当に釣りをやる気なの？　ていうか、本気で魚を食べる気でいるのかもしれない。

「じゃあせっかくだから、あのデカイ魚で魚釣りしないか？」

ルミィに言ったら、サム兄さんが突然興奮して言い始める。

「俺、発明が得意だからさ。魚をなんとかできるモノを作ってみるよ！」

ルミィが一緒に考えてくれるなら、多分だけどきっとなんとかなる気がするんだよね。

ルミィがまた心配してないかな～と思ってそっちを見たら、ルミィは俺たちの様子を見て笑顔になっていた。明るくなったみたいで、俺はちょっと安心した。

俺が考え込んでいると、サム兄さんがまた「泳いだら驚いてどっかに行くんじゃないか？」とアホなことを言うので、「「いやいや、それは危ないからやめてよ！」」と俺とクリス兄さんで止めた。

「そうだよね～、まずはどうすればいいんだろう？」

クリス兄さんが真面目な顔で言う。

「でもまだ、これだけじゃ足りないかな。魚をどう追い払うか、具体的に考えないと」

怖がらずにできる気がします……」

「は、はい！　私も泣かないで、フワフラムのためにも一緒に頑張ります……みなさんと一緒なら、
ルミィもようやく微笑んで頷く。

クリス兄さんがルミィに言った。

に頑張ろうね！」

俺が呆れてたら、クリス兄さんも呆れ顔で「サム兄さん、今はそんなことしてる場合じゃないよ！」と怒った。

でも、サム兄さんの言葉を聞いたら、なんだか釣りっていいな～と思い直す。せっかくみんなで湖に来てるんだし、釣りをするのもいいよね。

「ルミィ、この辺の魚はどうやって釣ってるの？　餌は何が好きなの？」

ルミィに聞くと、ルミィはちょっと考えてから「えっと、この湖の魚は、きれいな色の目立つ餌が好きだって聞いたことがあります……」と教えてくれた。

「そうなんだ～。それなら、魚を釣るためのルアーを自分で発明しちゃおうかな！」

「……ルアー？」

ルミィが不思議そうな顔をした。

兄ズも一緒に首を傾げている。

「ルアーってさ、釣りのときに使うんだよ。魚をおびき寄せるための偽物の餌なんだ」

俺はみんなに説明し、ルアーを作ってみることにした。

本当は自己流魔法陣と「えいっ！」でも作れるんだけど、今回はテンションが上がってるので、インベントリから道具をいろいろ出し、基本自分で作ることに決める。

まずはルアーの本体部分。木片を見つけて、それをナイフで削り始める。

ルアーの形は、デカイ魚の姿からして、ブラックバスが好きなルアーに似せた方がいいんじゃないかな〜と思い、『クランクベイト』っていう、泳ぐみたいにブルブル揺れるやつを目指すことにした。

形ができた後は、サンドペーパーで滑らかにした。これでよりルアーっぽくなったかな？

それから、ペンキで着色する。色はド派手な蛍光ピンクにした。この色なら、湖の中でも目立つはず。

これで、ブラックバスの目を引くんだよね〜。みんなよくやる方法だけど、自分で作るともっと面白いな。

最後に、尾びれに羽をつけて、ボディと尾びれをつなげるためのワイヤーを用意して組み立てる。こうすると、水の中で泳ぐ感じがリアルに出るんだよね。これで、バス……じゃなくて、あのデカイ魚も飛びついてくるはずだ。前世のブラックバスは動きに敏感だったから、デカイ魚も多分同じだと思うんだよね。

あと、魚が逃げられないように、針は『トリプルフック』という三又になってるやつを取りつけた。

サム兄さんは俺がルアーを作るのを楽しそうに見ていて、クリス兄さんも興味津々だった。

ルミィは驚いてたけど、なんだか期待してる目で俺の作業を見守っている。

ちょっとは頼もしいとか思ってもらえたかな？

「よし、完成！」

俺はできあがったルアーを持つと、みんなに見せた。

「すごいな、ケイン！　これならあの魚でも釣れそうだな！」

サム兄さんは喜んでいた。

「仕方ないな～、サム兄さんは釣りのことしか考えてないんだから……でも、ケインの発明が成功するか見てみたいよね」

続いてクリス兄さんも言う。

「ケインくん、ありがとう……これでフワフラムが助かるといいな……」

ルミィは可愛い笑顔でそう言ってくれた。

「きっと大丈夫だよ、ルミィ！　じゃあ、早速行こうか」

というわけで、みんなで湖の側まで行く。

俺は「えぃっ！」と魔法で釣り竿を作り、早速手作りルアーをつけた。

「よし、じゃあ始めるか！」

サム兄さんが元気よく言う。

「でもサム兄さん、ルアーの使い方知らないんじゃない？」

クリス兄さんが聞くと、サム兄さんは「うっ」と言って黙る。

サム兄さんはハァ～とため息を吐き、俺に聞いてくる。

「サム兄さん、知りもしないのにそんな元気だったとか……ケインは知ってるよね？」

「もちろんだよ～」

このクランクベイト型のルアーを使えば、水の中でリアルに泳ぐ感じが出るから、魚が食いつくと思うんだよね。

「でも魚がデカイから、みんなで俺を引っ張っててくれる？」

そう頼むと、兄ズとルミィが、背中から俺を支えてくれた。

俺は釣り竿を持って、湖へとルアーを投げ入れる。投げた後は、リールをゆっくり巻いて、ルアーを湖の中で泳がせる。

このルアーの動きが泳いでる魚に似てるから、ブラックバスが食いつくんだよね。

ルアーを引きながら、少しずつロッドを左右に振って、ルアーが不規則に動くようにする。これで、魚にとっては本物の魚っぽく見えるはず。

「ケインくん、上手……村の大人より上手……」

ルミィが感心した様子で言う。

「えへへ、ありがとうルミィ。でもまだ魚がかかってないから、もうちょっと頑張るよ！」

俺はそう言って一回リールを巻き取り、再びルアーを湖に投げ入れる。

サム兄さんもクリス兄さんも、真剣な顔して俺の釣りを見ている。

しばらくして、ついにルアーに何かが食いついた感覚があった。

「おお！　何か引っかかったみたい！」

そう言って、リールをゆっくり巻いて引っ張る。魚が離れないよう、引っ張りすぎないように注意しないとな。

でもその前に、重すぎてなかなかリールが巻けない。

次の瞬間、すごい手ごたえがあった。

「うおっ、これ、デカイ！　さっきのデカイ魚みたい！」

俺は興奮して叫ぶと、クリス兄さんが言う。

「ほんとだ、ケイン！　引っ張られないように頑張って！」

この魚、すごく力強い。竿が曲がるくらい引っ張られる。

でも、ここで引っ張り合いをしちゃダメなんだよね。魚に引っ張られるのを我慢して、竿を立てて、少しずつリールを巻いてこっちに寄せる。

「ケインくん、焦らないでね。ゆっくり……」

ルミィも声を掛けてくる。

「うん、大丈夫、ルミィ。これからが本番だよ！」

魚は一度引っ張ると逃げようとするから、そのタイミングでリールを巻いて寄せるんだ。この駆け引きが釣りの醍醐味(だいごみ)だよね～。

魚は左右に動いて逃げようとする。そこをうまくリールを操作して、魚を疲れさせるんだ。

「だいぶ疲れてきたみたいだね！」

クリス兄さんが言う。

俺も竿の引っ張りが少し弱くなったように感じた。

「もうちょっとみたい。頑張ってケインくん！」

ルミィが珍しく大きい声で励ましてくれて、みんなで力を振り絞ると、なんとか湖の表面に魚の姿が見える。

デカイ魚が現れると、すごい力で引っ張ってくる。デカイだけあって、手首がプルプル震えてくるくらいに力が強い。水しぶきがバシャバシャ飛んで、竿が折れそうなくらいに引っ張られる。

「うおっ、すごい力だな！　この魚、まじでデカイぞ！」

サム兄さんが興奮して叫んだ。

「サム兄さん、引っ張るの手伝って！」

運動が得意なサム兄さんに頼むと「分かった、ケイン！」と言って手伝ってくれた。

デカイ魚が暴れて竿が揺れる。でも、みんなで協力して、少しずつ釣り上げていく。

「もう少しだよケインくん！」

ルミィが応援してくれて、みんなで引っ張ると魚の大きな身体が水面に顔を出した。

「よし、来た！　えいっ！」

俺は魔法で魚が入るくらいの水槽を用意して、みんなで力を合わせて引っ張り上げた魚をその中に放り込んだ。

こうしてみんなで協力して、なんとかデカイ魚を釣り上げることができた。

「やった〜！　サム兄さん、クリス兄さん、ルミィ、釣れたよ！」

思わず叫んだ後に、水槽の中の魚を見る。こうやって改めて見ると本当にデカイ。

「すごいな、ケイン！　成功だよ」

「お前って発明もすごいけど、釣りもうまいんだな〜」

クリス兄さん、サム兄さんがそう言って喜んでくれた。

「ケインくん、ありがとう……これでフワフラムを助けられるね……」

ルミィは目をウルウルさせて俺にお礼を言ってくれた。

また泣きそうになってるけど、今度は困ってる涙じゃないからいいよね。

デカイ魚を釣り上げた後、みんなで湖の側に座って、その魚を眺める。魚を釣り上げるのがすごく大変だったので、ちょっとお腹が空いてきた。

その時、母さんが作ってくれたお弁当のことを思い出した。

「あ！　母さんが作ってくれたお弁当があるんだ！　みんな、食べる？」

早速バスケットを開くと、サム兄さんがニコニコしながら言う。

「そうだ、ハンバーグ作ってくれたんだよな！」

「それじゃ、食べようよ！」

クリス兄さんが提案すると、ルミィも「楽しみ……」と言って笑顔を見せてくれた。

俺がお弁当を広げ、ピクニックを始める。

「これ、母さんがケインたちのために作ってくれたんだね……とっても美味しいね」

ルミィも一緒に、母さんのお弁当を美味しそうに食べている。

「うんうん。母さんの料理は最高なんだよね！」

「うん、俺たちの好物ばっかりだよな」

サム兄さん、クリス兄さんも笑顔で言った。

ハンバーグはもちろん、サンドイッチも、野菜の煮物も、全部美味しい。こんなに自然の中で食べるお弁当もいいよね。


お弁当を食べ終えてしばらくすると、サム兄さんが聞いてくる。

「なぁ、ケイン。この魚、後で食べるか？」

「サム兄さん、本当に食べる気でいたの……」

呆れた様子でクリス兄さんが口を挟む。

「この魚は、人間が湖をせき止めて藻が発生したせいでやって来たんだから、食べちゃかわいそうだよ」

「そうか、それなら仕方ないか……デカイし美味(うま)そうだけど」

サム兄さんは渋々といった様子でいちおう納得した。クリス兄さんが止めなかったら本気で食べてたんだろうな……

その後、俺はデカイ魚をなんとかするために、トロッコに水槽を載せて湖から繋がっている川の上流に行く。

そこでさらに広い湖を見つけて、魚を戻してあげた。「もう来ちゃだめだよ」って言うと、デカイ魚はスイーッと湖の底の方へ泳いでいった。

俺はトロッコで湖に戻り、その後みんなで一緒にフワフラムたちのいる野原に戻った。

浮いてるフワフラムは、ルミィが投げ縄みたいなもので捕まえて、風船のようにして湖まで連れていき、水を飲ませる。

水を飲むとルミィが言った通り浮かなくなったので、また一緒にフワフラムたちとも一緒に遊んだ。

そのうち、気付いたら夕方になっていたので、俺と兄ズは魔導列車に乗って帰ることにした。

「また遊ぼうね、ケインくん！」

ルミィが笑顔で元気に手を振ってくれる。

「うん、また遊ぼうね～！」

　俺と兄ズは魔導列車に乗って、ルミィと別れた。

　思いつきで始めたピクニックだったけど、今日は本当に楽しかったな～。

　デカイ魚を釣り上げたことも、母さんのお弁当も、ルミィと一緒に過ごした時間も全部いい思い出になった。

「兄さんたちも、また一緒に遊ぼうね！」

　俺が言うと、サム兄さんとクリス兄さんも笑顔で頷いてくれた。

　久々に兄弟で一日過ごしたけど、楽しかったな～。またこういう日があるといいよね。

3　告白されました

　こうしてルミィや兄さんたちと遊んだ次の日。

　遊んでて敷設を終えてから時間が空いちゃったけど、ドワーフタウンと領都を繋いだ魔導列車の試運転を、ガンツさんと一緒にすることになった。

　さあ試運転といきますかと思っていたところに携帯電話が着信を知らせる。

　デューク様がどこから聞きつけたのか、携帯電話の向こうから『俺を一番に乗せろ！』と騒いでいた。

強引だな～と思いながらも、ドワーフタウンから魔導列車に乗り、領都の城門前の駅に着く。

「遅い！」と騒ぐデューク様と、一緒にいたセバス様も一緒に魔導列車に乗ってもらった。

そこから一時間弱くらい魔導列車に乗ってもらい、またドワーフタウンの駅に戻る。

初めてドワーフタウンに来たデューク様はキョロキョロ辺りを見まわす。

「ここがドワーフタウンなんだな。知らん間に建物が増えとる」

「……なんかすみません」

「別に責めているわけじゃないが、我々は新都市の開発を進められていないから、少し悔しくもあるな。だが、この発展もお前たちのおかげでもあるし。難しいところなんだよ。でもこの鉄道ができたのなら、今の領都である旧都市から、この新都市への移住を後押しできる。ありがとうな」

「いえ、こちらの都合で作ったものなので。お礼を言われるまでもありません」

「それで、魔導列車のお披露目はいつにする？」

「え？　お披露目って必要ですか？」

「そりゃ、これだけのものを用意したんだし、新都市に誰でも行けるってことを伝える必要もあるしな。いい機会だから思いっきり利用させてもらうぞ」

そう言ってデューク様がニヤリと笑う。

「は～、分かりました。なら、何日後かでいいですか。また連絡します」

「おう、構わんぞ。よろしく頼むな。セバスも手伝ってやってくれ」

セバス様がデューク様に言われて、俺を見て微笑む。

「承りました。ケイン様、後で招待客に渡す手紙の草案を見てもらえますか」

「そこまでしてくれるんですか？　なら、ぜひ甘えさせてもらいます。よろしくお願いします」

「ふふっ、旦那様の思いつきでご迷惑をかけるのですから、これくらいはさせてください」

俺はデューク様、セバス様を転移ゲートで、ドワーフタウンからお屋敷まで送った。

なんかなりゆきで他の人も乗せることになったっぽいけど、まあいいか。うまくいくといいな。

「で、ガンツさんはどう？　試乗には満足できたの？」

俺が聞くと、ガンツさんが満足げに答える。

「まあ、領主の邪魔は入ったが、なんとなくは楽しめた。スラレールと違って魔導列車は実際に乗れるからな！　実物は実物なりの楽しみがあるな。今度は運転してみていいか？」

「まだ、営業運転はしてないからいいけど、気をつけてね」って言ったら、「おう、任せろ」とガンツさんが答える。心なしかウキウキしてるんだけど、やっぱりガンツさんも乗り物オタクだから、結構楽しみにしてるみたい。

その後、ガンツさんは駅に停めてあった魔導列車に乗り込み、指差し確認の後にスムーズな流れで魔導列車を動かしていた。

何も教えていないのに、なんでできるかな……すごいね、ガンツさん。

そうこうしてると、お腹が鳴った。気付いたら時間はもうお昼だ。

ドワーフタウンの集合住宅の食堂で昼食を食べようと思っていたところに、携帯電話に父さんから着信があったので出てみる。

『もしもし、ケインですけど』

『ケイン、昼飯がまだなら、こっちでどうだ？』

『まだだけど、分かった。じゃ、そっちに行くね』

『ああ、待ってる』

急にどうしたんだろう？　と思いつつ携帯電話を切り、領都にある父さんの店の応接室へ転移ゲートを繋いで移動する。

「父さん、来たよ……え？」

突然の光景に驚いてる俺に父さんが笑いながら言う。

「おう、来たな。ん？　どうしたそんなとこで立ってないで、座らないか」

「い、いや、いやいや。なんでリーサさんがここにいるのさ」

俺は憧れのエルフのお姉さん、リーサさんがここにいることにドギマギし、ちょっとパニックになっていた。

「そうか、まだ説明してなかったな」

「……店主。それは私から説明させていただいてもいいかな」

何がなんだかよく分からないけど、リーサさんが父さんに許可を取る。

「ああ、そうだな。頼みますよリーサさん」

父さんがニヤニヤしながら、リーサさんに話を促す。何があったんだろう？

「お久しぶりだね、ケイン。どこから説明したものか。そうだな、今日この店に来た時にちょうど、店主が張り紙をお店の前に貼ろうとしているところだった」

「あれ、それって。もしかして、頼んでいたアレ？　つまり秘書の募集に応募してくれたの？」

ようやく話が見えてきて尋ねると、父さんが言う。

「スマン、ツテを頼ると言いながら、結局いい人材が見つからなくてな。張り紙で募集しようとしていたところでリーサさんがな……」

「店主、後は私が」

リーサさんが父さんの言葉の途中で、続きを話し始める。

「コホン、それで張り紙を見せてもらい、『私でよければ』と、店主に話を聞いてもらってここにいると言うことなんだ。それとな、実は……」

リーサさんからの説明はさらに続く。

「数日前にな、『このままではヒロインの座が危ない……』と誰かに囁(ささや)かれたような気がしてな。それからというもの、なぜか心が落ち着かなくてな」

リーサさんは真剣そうな顔で話しているんだけど、だいぶ意味が分からないよ？

「……ぷっ、ヒロインか。すまんなリーサさん、笑うつもりはなかったがな、ここ数日、店の前をウロウロしているリーサさんの目撃情報が多くてな。今その理由が分かって、思わず吹き出してしまったんだよ。ぷっくく、ヒロインか……」

父さんは我慢していたが、結局笑い始める。

「え～と？　まとめるとどういうことなの？　ヒロインって何？」

俺は全然意味が分からなくて戸惑うしかない。

「……ケイン、それはダメだ。ここまで言われて分からないってのはなしだぞ。リーサさんを見てみろ！　丸分かりじゃないか」

父さんが突然怒ったように言ってくる。

俺がリーサさんを見ると、リーサさんの頬が赤く染まっていた。

え、ええ～？　つまりリーサさんは俺が好きなの？　今までのどこにそんなフラグが？

確かにリーサさんに憧れてはいたけど、こっちからの一方通行とばかり思っていたのに。

「……つまりは、リーサさんは俺に好意を持ってくれているということなの？」

俺の言葉にリーサさんは無言で頷く。

なんだか、信じられない気持ちでいっぱいなんだけど。

「でも、俺にモテ要素は一つもないけど？　大体、まだ子供だし」

自分の気持ちを素直に口にすると、それに対してリーサさんが言う。

「ケインは私ではダメなのか？」

そんな整った顔で悲しそうに上目遣いで見るのは反則だよ。

「い、いやリーサさん。ちょっと待ってくださいね。確かに俺もリーサさんには好意を持っていたのは認めるよ。ただそれは知り合いのきれいなお姉さんに対する憧れであって、恋愛感情とはいえないでしょ？」

「そんな……」

リーサさんがあからさまにショックを受けている。いや、そんな反応されても。困ったなぁ。

「まあまあリーサさん、顔を上げてください」

父さんはこの唐突な展開についていけてるようで、なぜかリーサさんに優しく言う。

「お義父様、すまない。少々急ぎすぎたようだ。ケインよ、十年二十年経とうと私の気持ちは変わらないぞ。私は見ての通りのエルフで長命だからな。そのくらいの年月は一ヶ月にも感じないほどだ」

リーサさんが真剣な様子で言ってくる。

でもその前の『お義父様』が気になって話が入ってこない。

リーサさん、父さんを『お義父様』扱いしてるってことだよね？　そういう関係になるのはリーサさんが言ってたように、十年とか待ってからじゃないの？

「ケイン、父さんはいい話だと思うぞ。まあお前の年齢だから、いきなり男女の付き合いとはいかないだろう。だが、これほど慕ってくれているんだ。それにリーサさんが秘書として欲しいのも事実だろ。今はそれほど深く考える必要はないと思うぞ。つまり、ケインが成長するまでの『お試し期間』だな」

父さんが助言してくれるけど、倫理観おかしくない？　いくらお試し期間とか言っても、俺はまだ八歳だよ？

「うむ、そうだな。お試し期間で頼む」

俺の混乱をよそに、リーサさんも頭を下げてくる。

「……えっと、リーサさんは本当にそれでいいんですね」

俺が確認すると、リーサさんは笑顔で言う。

「ああ、できればいつも、膝上の短パンか半ズボンをはいてくれればなおいい！」

そう言った後、リーサさんの鼻から赤いものがスーッと流れる。

「……リーサさん、鼻血が出てますよ」

俺は思わず指摘する。

「……リーサさん、つまりリーサさんは『ショタコン』なんですか？」

これはちょっとショックだったから、自然に言葉が出てしまった。

「はっ。いや、ケイン。これは誤解だ。私は決してショタコンではない！　いやちょっとはその気があるかもしれないが、ケインを通して、何やらご老人のような人物の存在を感じるのだ。どちらかといえば私はそちらの方が好みなのだが、目の前にいるケインもなかなかで……はっ。違う、違うのだよ。だからそういう目で見ないでくれ。だが、ケインに険しい顔で見られるのは、それはそれでなんとも……」

興奮してまくしたてるリーサさん。

この状況、いったいどうなってるの……父さんの目の前でリーサさんから告白されるって。

しかもリーサさんは、ショタコンで枯れ専と来た。

そりゃそんな性癖なら、お眼鏡にかなう人もいるはずもないよね。今まで一人だったというのも頷けるな～。

しかも俺の後ろに、俺の前世であるお爺さんの姿が見えるとか、一体どういうことなんだか。

しかしリーサさんは憧れのきれいなお姉さんだったのに、まさかの『エロフ』だったとは……

「リーサさん、どうです？　落ち着きましたか」

なぜかこの状況に動じていない父さんが、リーサさんに声を掛ける。

「大丈夫だ、すまなかったケイン。お義父様にも迷惑をかけてしまったようだ」

リーサさんはいちおう反省してるみたいだ。

「……とりあえず鼻血は大丈夫みたいね。遅くなったけど父さん、お昼食べようか」

俺はもうなりゆきに任せることにして、父さんに言う。

「……ああ、そうだな。ケイン、何かすまない。俺が言うのもなんだが、このままでいいのか？」

父さんは今さらなぜか俺を気遣う様子で言う。

「え～。父さんがさっき自分で、お試し期間とか言ったんじゃん……」

俺が言うと、リーサさんも焦ったように言う。

「お義父様、今さらナシだと言われるのか？」

「う～ん、さっきのやりとりを見ているとな、少し不安が残るというか。リーサさんがケインが成長する前に暴走しないかが心配でな」

父さんも困惑しているようなので、俺はリーサさんに声を掛ける。

「リーサさん、とりあえずは座って聞いてください」

俺の言葉に従い、ストンと俺の横に座ったリーサさんは、なぜかいきなり俺の頭を抱え込んで抱き締めてくる。

「……えっと、まずは解放してください。そしてできれば正面に座ってもらっていいですか？」

「なぜだ！　ケインと私の関係は、お義父様も認めたではないか？」

父さんが心配するのも頷けるな～と思いつつ、ヤバイ暴走をしているリーサさんをなだめる。

「だから、あくまでお試し期間でしょ。なので、今はお互いにフリーな状態です。はい、いいから向こうに座る」

いちおう説得は成功したみたいで、リーサさんがすごすごと移動する。

「なんだか、急に扱いが雑になったぞ。私はケインにとってきれいなお姉さんではないのか？」

「もうその設定はなくなりました。も～、いいからとりあえずお昼にしない？」

そんなこんなで父さんが用意してくれた昼食を済ませた。

リーサさんの暴走にこれ以上触れるのは疲れるので、ひとまずこれからの仕事の話をする。

「……ってのが今のところの俺の仕事内容なんだけど、ここまではいい？　リーサさん、秘書できそう？」

「あ、ああ。しかしすごいな、少年のする仕事量か？」

「まあ自分でもこんなに仕事してるのが不思議になるけど、やりたいことを優先していたらこうなったというだけだからね」

「楽しいのは分かるが、周りを巻き込んでいるみたいだな」

「あ～、それはガンツさんにもよく言われる」

最近は、あのやりたい放題俺に発明させてるガンツさんまで心配してるんだよな。本当は、ちょっとは気をつけないとダメだよな。

「あのジジイとまだつるんでいたのか」

ガンツさんと仲の悪いリーサさんがムッとした様子で言う。

「ガンツさんとは、もう切っても切れない仲ですね」

なんだかんだいっても、俺にとってのガンツさんは相棒だもんね。

「それは羨ましい。ずるいぞガンツ」

何かブツブツ言い始めるリーサさんを無視して尋ねる。

「それで、今日から働く？　それとも日を改めて数日後にする？」

早く働き始めてくれた方が助かりはするんだけど、リーサさんの気持ちも考えないとね。

「ケインがいいなら、今からと言いたいが、実際に勤務するのはドワーフタウンになるのか？」

「そうだね、もう今は向こうに一日中いるのも珍しくはないかな」

「なら、私もこの領都から、そっちに移住した方が効率がいいとは思わないか」

「引っ越す？　今なら部屋は空いているから、いいけど」

「そ、そうか。なら一緒に暮らすか？　一緒に暮らせばあんなことやこんなこともたくさんできるぞ。な、そうしよう。早速、お義父様に改めてご挨拶を……」

父さんのところに行こうとするリーサさんを、慌てて止めて座らせる。

「どうどう、落ち着いて。一緒には住まないから。それにまだ『大人の階段』は物理的にも上れないから。というか八歳の男の子にそんなことを迫るとか、リーサさん、普通に性犯罪者だからね？　洒落にならないから」

「でもケインも私のことを憎からず思っているんだろう？」

リーサさんが不満そうに聞いてくる。

うーん、まあそうなんだけど……

「いや、同意があっても性犯罪だからね。冗談でもヤバイよ」

といちおう説明しておいた。

でも冗談でもヤバイのに、リーサさんは本気なんだよな。そういえば、この世界では性犯罪とかどうなってるんだろう。

まあラノベテンプレで見た通りの中世ヨーロッパ風世界だし、倫理観も多分ユルユルなんだろうな～と思ってとりあえず納得する。

「そ、そうか……また暴走してしまったようだ。スマン」とリーサさんがシュンとして俯いたので、

「と、とにかく引っ越しするならお手伝いくらいするから、言ってね」と言ってあげた。

「そうか、手伝ってくれるのか。いや男の人を部屋に呼ぶのは初めてで緊張するな。どうしたものかな。まずは部屋に入ったらご飯が先か？　お風呂が先か？　それともワ・タ・シ？」

うわっ、また変な方向に行ってる。せっかく慰めてあげたのに。

「リーサさん？」

そう呼びかけると……

「……ハッ、すまない。暴走してしまった」

リーサさんが恥ずかしそうに言った。

「だよね、それに手伝いに行くのに、なんでお風呂に入る話になっているのかな」

引き気味で言うと、「すまない」ってリーサさんが謝った。

はあ、この暴走ずっと続くのかな。

とりあえず「荷物がそれほどないなら、今からでも引っ越しを手伝えるけどどうする？」って提案してみた。

「なら、お願いしていいか。こういうのはさっさと終わらせたい」

「分かったよ。じゃ行こうか」

俺が言うと、「ああ」と言ってリーサさんが手を差し出してきた。

これはどうするのが正解なの？

とりあえず握らないと動かなそうかなと思い、出された手を握ると、リーサさんが嬉しそうに微笑みながらソファから立ち上がる。

まあ、何だかんだ言っても、リーサさんと一緒にいるのは楽しいからいいか……

リーサさんのこの変わった性格にも、少しずつ慣れていくしかないかな。

そして手を繋いだまま、部屋から出ようとするリーサさん。

俺はほどこうとしたけど、リーサさんが放してくれないから、しょうがないかとため息を吐きつつ、一緒に部屋を出ることにした。

「うふふ、さあ行こうか？」

リーサさんが嬉しそうに言う。

「うーん、手を繋いだまま……？　まあいいか」

俺が諦め気味にそう言った直後、父さんが俺たちの前に現れた。

父さんは手を繋いでいる俺たちを見て、最初はニヤリとした後、ハッとした顔になる。

「父さんはまだ、孫ができて『お祖父ちゃん』と呼ばれる歳ではないと思うんだけど、信用していいんだよな」

父さんが急にとんでもないことを言いだした。

「と、父さん！　何言ってんの！」

さっきリーサさんの暴走を心配してたはずの父さんまで危ない下ネタを言ってくるとか、この世界は本当に倫理観がユルユルらしい。

「お義父様よ、私はいつでも受け入れるつもりだが、物事には順序があると思うぞ」

リーサさんまで何を言っているんだか。

もう付き合いきれないので、無視して言う。

「父さん、リーサさんはドワーフタウンに引っ越すことになったから、その手伝いに行ってくるね」

そう説明すると、父さんが「ケイン、今日は帰ってくるんだよな。朝帰りは許さんぞ」と言ってきた。

「父さん、気持ち悪いこと言わない！　ちゃんと夕方には帰るから！」

俺はそう強く言っておいた。

「「そうか……」」

父さんとリーサさんがなぜか同時にため息を吐く。どういう意味なんだろう、この反応。

いや、とにかく今は引っ越しの手伝いだよね。

俺たちは手を繋いだまま、リーサさんの家へ向かうことにした。

しかし、リーサさんの暴走と父さんの変な発言に慣れられる日って来るのかな……


店を出てから、ずっと手を繋いで歩くリーサさんと俺。

恥ずかしくてもリーサさんが手を放さないから、俺も仕方なく繋いで歩くことにした。

まあでも多くの人は俺たちを仲のいい姉弟（きょうだい）だと思ってたみたいで、ホッとしたよね。

数分歩いて「ここだ」とリーサさんが言うと、目の前にこぢんまりとした長屋があった。

中を見ると、女性の部屋とは思えないくらいに殺風景だったけど、荷物が少ないから引っ越し作業は楽に終わりそうだ。

「じゃ、遅くならないように始めるけど」

俺が言うと、リーサさんも引っ越しの準備に取りかかり、荷物を箱に詰めていく。

「俺が目にしちゃいけないものはリーサさんが詰めていってね。タンスとか大きいものはそのまま運ぶから、中身は片付けなくてもいいよ」

「そうか、ならその辺に置いてあるタンスとベッド、ソファと机を頼む」

リーサさんが頼んできたけど、このくらいならすぐに終わるだろう。

「はいはい、じゃあしまっていくよ」

ポイポイと家具をインベントリにしまっていく俺に、リーサさんは少し呆れた顔をする。

「今さらだが、ケインの魔法は桁外れだな」

「慣れると便利だし、いいでしょ。他にはある？」

俺が笑いながら言うと、「ああ、あとはこの食器棚で終わりかな」とリーサさんが言う。

「は～い……と、これでよし。終わったよ。じゃ引っ越し先に行こうか」

「行くってどうやって行くんだ？　今から行っても途中で野宿になるんじゃないのか？」

リーサさんが急に動揺し始めた。

「ケイン、お義父様には夕方に帰るって言ってただろ？　はっ！　ってことは親に嘘ついて大人の階段を上るんだな。よし、その覚悟を受け取ろう！　さあ、ドンと来い！」

……何言ってるんだ、この人。俺はリーサさんの暴走にため息を吐く。

「……リーサさん、お願いだからそういうの人前ではやめてね。俺の信用がガタ落ちになりそうだから」

「ス、スマン」

リーサさんが小さな声で謝ってくる。

「ハァ～。転移ゲートで行くに決まってるでしょ？　野宿なんてならないから。ていうかついさっき注意したばっかりなのに、リーサさんの暴走する力はすごいね」

「……そういえばそうだった」

リーサさんが反省した様子で呟く。

反省するならならやめてほしいんだけど、まあそのうちなんとかなると信じよう。

「じゃ、行くよ」

俺はリーサさんに声を掛け、ドワーフタウンの集合住宅の前に転移ゲートを繋いだ。

その瞬間、リーサさんがまた手を差し出してきた、その手を握って一緒に転移ゲートを潜る。

なんだかこのなんか手を握るのがテンプレになりつつあるんだけど、これでいいのかな。

とか思ってるうちに、一瞬でドワーフタウンに移動する。

集合住宅の中に入ると、ガンツさんに出くわした。

「おお、ケイン。戻ったか。なかなか来ないから、また魔導列車で領都まで行こうかと思ってたところだったんだぞ……ん？　そいつはなんだ？」

ガンツさんが手を握る俺たちを見て、怪訝な顔をする。

「ガンツよ、見て分からぬほどボケたか」

リーサさんがガンツさんを冷たい目で見る。

「老眼だと最近分かったが、それは置いておいてだな。見てどういう状態かは分かるが、どうしてそうなったのかが分からないと言っている」

俺は手を繋いでいる俺たちを見て戸惑っているガンツさんに今までの流れを説明し、ついでにリーサさんの引っ越しのことも伝えた。

「なるほどな～、そいつはすまなかった。本来なら秘書は相棒であるワシの方で用意すべきだったな」

「いいよ、ガンツさんも忙しいし。というかガンツさんは、今日は領都の工房に帰るんだっけ？　ちょっと待っててね、リーサさんの部屋を決めて荷物を置いてきたら、一緒に帰ろう」

「ああ、分かった。ならその辺にいるから、終わったら言ってくれ」

ガンツさんが意外にあっさり俺とリーサさんの状態を納得（？）してくれたので、俺はリーサさんに声を掛ける。

「じゃあリーサさん、まずは部屋を決めようか」

「ああ、二人の部屋だな、子供はたくさん作るから広めの間取りがいいよな～、ふふっ」

「……リーサさん。俺たちの部屋じゃなく、リーサさん一人の部屋だからね。この３ＬＤＫでいいよね。はい、行くよ」

リーサさんの発言をできるだけスルーしつつ、急いで部屋に入る。

リーサさんが不満げな顔で文句を言ってくる。

「……少しくらい夢見てもいいと思うんだがな」

「ハァ〜、はいはい。ガンツさんが待っているから、早く終わらせるよ」

「あんなジジイに負けた……」

「もう、変なとこで張り合わない！　そうだ、リーサさんにもこれを渡しておくね」

リーサさんの気を逸らすために、携帯電話を渡す。

「これは、なんだ？」

携帯電話を不思議そうに眺めているリーサさんを見て、俺の携帯電話から電話をかけてみる。

「わっ、どうしたらいいんだケイン!?」

急に鳴り出した着信音に慌てて、どうしたらいいのかを聞いてきたので『受話』ボタンを押すように伝える。

「こうか」と受話ボタンを押したリーサさんに、俺は自分の携帯電話から話しかける。

『リーサさん、聞こえる？』

『お、ケインの声が聞こえたぞ。ケイン、これはどういうことだ』

『リーサさん、そのまま耳に当てていてね』

俺は携帯電話を通して、リーサさんに指示をする。

『こうだな、よし』

リーサさんが素直に耳に当て、携帯を通して話してきた。

『聞こえる？』

『ああ、聞こえるぞ』

リーサさんが驚きと嬉しさで笑顔になるのを見て、俺も嬉しくなってしまった。

リーサさんが使い方を理解したところで『終話』ボタンを押し、携帯電話をしまってリーサさんに話しかける。

「これでいつでも連絡が取れるようになるからね。あ、ちなみにこれが主だった人の電話番号だから持ってて」

「ああ、ありがとう」

リーサさんは嬉しそうに連絡先のリストを受け取った。

「じゃ、部屋に行くよ。鍵はこれね、はい」

俺が部屋の鍵と合鍵が束（たば）になっているものを渡すと、リーサさんが合鍵を一本外して渡そうとしてくるので、「い、いや、ごめんなさい」と断っておいた。


家具を運ぶために一緒に部屋に入ると、リーサさんは部屋の内装に驚いていた。

「ケイン、こんな部屋に住んでもいいのか？」

「いいも何も、ここしかないから。気に入らなくても我慢してね」

「いやいや、我慢どころか、出ていけと言われても居座るぞ」

「はいはい、じゃあ、家具をどこに出すか指示してね」

目を輝かせているリーサさん。とりあえず喜んでもらえてよかったな～と思いつつ、インベントリから家具を出して引っ越しを進めることにする。

「あ、タンスはそこじゃなくてこっちだな。ベッドはその端に。食器棚は……」

リーサさんが家具の配置について指示を出し始める。

俺は前の部屋から持ってきた家具を次々にインベントリから取り出し、言われた位置に置いていく。それから、部屋のお風呂とかの設備の使い方もついでに教えていく。

俺とリーサさんで一緒に配置していくうちに、なんにも置いてなかった部屋が徐々に部屋らしくなり、住みやすくなっていく感じがしてきた。

「これで全部ですね。じゃ帰りますね」

引っ越しが終わったので、リーサさんに挨拶する。

「あ、待ってくれ。明日はどうするんだ？」

そういえば秘書の仕事のことを伝えてなかったなと思い、リーサさんの方を振り返る。

「そうか、予定を決めないとね。明日はガンツさんたちと一緒に、魔導列車でドワーフの里に行く予定だから」

デューク様が乗せろと騒いだりお披露目だと言ってきたりで忘れてた。

この魔導列車、もともと魔導列車はドワーフタウンとドワーフの里を往復しやすいようにと思って作ったんだよね。

だからガンツさんに頼んで、お披露目の前にここに住んでいるドワーフのみんなを魔導列車でドワーフの里に連れていくと話しておいてもらったんだ。

「実際に出発するのはお昼頃だけど、ドワーフのみんなが集まるまでに準備とかあって時間掛かりそうだから、とりあえず九時に集合住宅の前に来てもらっていい？」

俺が言うと、ニコッとするリーサさん。

「ああ分かった、九時だな。初めての待ち合わせだな。ふふっ」

リーサさんのほんのり赤い顔がちょっと可愛いと思ってしまう。

「い、いやそうとも言うかもだけど、実際は違うからね！　仕事だから！　じゃあ、俺は帰るね」

「ああ、今日は世話になった。ありがとう」

「はい、じゃね」

俺はリーサさんの部屋を後にしてエレベーターに乗り込む。

一階に降りてガンツさんが待っている部屋に移動すると、ガンツさんはなぜか満足げな表情をしている。

「お待たせ。ガンツさん、その顔は……もしかして魔導列車に乗ってきたの？」

「ずっとじゃないぞ。ついさっき車両基地に置いてきた」

「つまり、さっきまでずっと乗ってたってことでしょ？」

「そうとも言う」

ガンツさんがニヤリと笑う。

も～、本当に乗り物オタクだよね。でもなんだかんだで楽しんでくれているようで、俺もつい笑ってしまった。

家に転移ゲートを繋いで帰ると、リビングのソファに座っていた父さんと目が合った。

「ケイン、やっと帰ってきた！　大人の階段はまだなんだよな、そうだよな、な？　な？」

「ハァ～、もう父さん心配しすぎ！　この俺の体で何ができるって言うのさ」

「何って『ナニ』だよ」

また倫理観ユルユルの下ネタを言ってくる父さん。心配してるのかもしれないけど、いい加減にしてほしい。

「だから、まだそんなことできないって！」

「さっきから、ケインも父さんも『ナニ』って何を言っているの？」

俺と父さんがワーワー言っていると、クリス兄さんが会話に入ってきた。

「ああ、クリスか。いやなケインがな、リーサさんと……」

「父さん！」

父さんが何か言い始めようとしたので、慌てて止める。

「よく分からないけど、リーサさんとケインの仲の発展を父さんが気にしてるのは分かったよ。でも父さん、ケインはまだそこまではできないよ。それにヘタレだし」

「クリス兄さん……」

まともなのかまともじゃないのかよく分からないクリス兄さんの発言は置いといて、とりあえず『ヘタレ』という言葉に少し落ち込んでしまう俺。

「ぷっははは。確かにそれが治らない限りは単なるむっつりスケベだな」

サム兄さんも会話に入ってきた。

とりあえずこの世界では、基本的に倫理観がユルユルなのが普通だということが分かった気がする。

「そうか、むっつりでヘタレか。なら安心だな」

「………」

父さんがまだ何か言ってるけどスルーする。

「はいはい、ご飯にするから、片付けてね～」

母さんの声で現実に引き戻される俺。

「「「は～い」」」

みんなで返事をしてから、俺は気を取り直してすぐに片付けを始めた。

4　ご馳走してもらいました

そして翌日の朝。ベッドで横になっていた俺は、昨日の出来事を思い出してジタバタする。

は～、リーサさんのせいでいろいろと恥ずかしい目に遭ったな～。

「まさか、あのリーサさんがあんなデレデレしたエロフになるとはね……」

そう呟いていたら、急に母さんの声が聞こえてきた。

「ケイン、起きたのならさっさと朝食食べちゃいな！」

「は～い」と返事をして、さっそく身支度を整えて朝食を食べる俺。

食事を済ませた後、時計を見たら九時十分前だった。

けど、転移ゲートを使うから移動時間は考えなくていいんだよね。

まだ、約束には早いかな？　と思ったけど、まあ早いに越したことはないよね。

リーサさんとの約束の場所へ行くため、転移ゲートをドワーフタウンの集合住宅前に繋いだ。

ゲートを潜る前に、母さんに「じゃ、いってきます！」と声を掛けておいた。

住宅前に着いたら、リーサさんが幸せそうに微笑みつつ待っていた。

困ったな～と俺は思いつつもリーサさんに近付く。

「来た！　ケイン、おはよう」

リーサさんが元気に挨拶してきた。

「おはよう、リーサさん」

「まだ『さん』づけなんだな。もう呼び捨てで構わないぞ。お義父様が認めた私とケインの仲なんだから」

リーサさんが言ってくるけど、反応に困る。

「いいえ。まだ『リーサさん』でいくから」

俺がちょっと強めに否定したのに、リーサさんはにっこり笑う。

「ふ～ん、まだということは、そのうち呼び捨てになると思っていいんだな。ふふっ」

「ち、違うから！　そんなことより、昨夜はちゃんと寝れたの？　いきなりの引っ越しだったし、大丈夫だった？」

俺は強引に話題を変えようとする。

「そうかぁ、ケインは心配してくれるんだな、そんなに心配なら一緒に住もうじゃないか」

俺が必死で話題を変えようとしているのに、リーサさんはノリノリだ。

「そういえば、昨夜の引っ越しの時にお風呂の入り方も教えてくれたな。早速使ってみたがなかなかよかったぞ。でもな、ちょっと使い方が分からない部分もあってな。どうだ、一緒に入って教えてくれたりとかしないか？　それにあんなに広い家での一人寝は寂しくてな」

リーサさんがしつこく言ってくる。

俺は諦め気味に「お風呂を気に入ってもらえてよかったよ。寂しいならルームメイトでも募集すればいいんじゃない。さあ、ガンツさんのところに繋げるよ」と棒読みで言い、転移ゲートを出す。

「もう、照れ屋だな～」

そんな俺の横でリーサさんはずっとデレデレしていた。

その後、転移ゲートで領都のガンツさんの工房に移動した。

いや、普通に考えたら領都の俺の家からガンツさんの工房に行って、その後リーサさんのところに行けば移動の手間が省けたんだけど、どうせ転移ゲートで一瞬だから、気にしないことにする。

……あと、今気付いたけど、昨日の癖でリーサさんと自然に手を繋いでしまっていた。

俺が思わずリーサさんを見上げると、ニヤリと笑みを返された。

「おう、朝から見せつけてくれるの～」

工房で待っていたガンツさんにもからかわれてしまった。

「その絡み方、どこのヤカラなの！　で、ガンツさんの準備はいいの？」

俺が尋ねると「ああ、ばっちりだ」と返事をしてくる。

「なら、今日はリーサさんと一緒に行動するから。リーサさんも、そういうことでお願いね」

俺が言うと、仲の悪いリーサさんとガンツさんは同時に「「ちょっと待て、こんなジジイ（ババア）と一緒に行くのか！」」と叫ぶ。

強引に「じゃ、お願いね！」と俺が再度言い、ゲートをドワーフタウンに繋いで移動した。

ドワーフタウンに着いて、ガンツさんにドワーフのみんなを集めてもらうようお願いした。

ドワーフのみんなは久しぶりにドワーフの里に戻るので準備とかいろいろあるだろうから、集合時間はお昼の後くらいにするよう伝えてもらうことにする。

しばらく時間があるな〜と思っていたら、リーサさんから提案された。

「ケインよ、そういえば引っ越しを手伝ってもらったお礼がまだだったな。お昼をご馳走させてくれないか」

そういえばそうだったかもと思い、了承する。

「では、少し時間を潰してから来てくれないか」

そう言われて、リーサさんといったん別れた。

どうやって時間を潰そうかなと思っていたら、ガンボさん夫妻とすれ違う。

ガンボさんの奥さんに会うのは初めてだったので、挨拶しておくことにした。

「ガンボさん、こちらが奥様ですね。初めましてケインといいます。ガンボさんにはいつもお世話になっています」

「あら、これはご丁寧に。ガンボの妻のオードリーといいます。よろしくお願いしますね」

俺はオードリーさんにお辞儀してから、ガンボさんに話しかける。

「それでガンボさん、ガンツさんから聞いてるかもですが、この後……そうですね、三時くらいにみんなを集合住宅の食堂に集めてもらえますか？」

「ああ、分かった、集めよう。ところで、魔導列車で移動するのか？」

そんなこんなでガンボさんにいろいろと魔導列車のことを聞かれ、気付くと時間が経っていたみたいだ。

携帯電話の着信音が鳴り、出るとリーサさんの声がする。

話を聞くと昼ご飯の準備ができたとのことで、リーサさんの部屋の前でチャイムを鳴らす。

「は〜い」

リーサさんの元気な返事が聞こえてドアが開き、リーサさんが微笑みながら部屋の中へと促してくる。

「どうぞ、ケイン」

促されるままに部屋に入ると、テーブルの上に並んでいる美味しそうな料理が目に飛び込んできた。

リーサさんが作ったのは、ハーブのいい匂いがするチキンのローストと、新鮮な野菜とドレッシングで作られたサラダ。さらに手作りっぽいパンも並べてあり、カリッと焼き上がっている。

びっくりして思わず「これは、すごいですね。本当にリーサさんが？」と聞いてしまう。

リーサさんはふふっと笑いながら、俺の質問に質問で返してくる。

「普段の私からは想像できないって言うんだろう？」

その通りだったので、つい「正直、そうですね」と言ってしまった。

「ならば、ぜひ食べて感想を聞かせてほしい」

リーサさんは真剣な様子だ。

「すごい自信ですね。分かりました。でも、なら正直に感想を言いますよ？」

「ああ、望むところだ。ふふっ」

お礼のはずなのにちょっと挑発するように強気で言ってくるリーサさん。

なんとなく俺も真剣に応じなければという気持ちになり、無言で真面目に食べる。

結果として、出された料理は全部が美味しかった。

「リーサさん、大変美味しゅうございました」

そう言って、頭を下げる。

すると、リーサさんはなぜか「へっ？」という間抜けな声を出した。

その直後に「ははは」という笑い声が聞こえる。

え？　なんだろう。どうしちゃったの？

そう思って顔を上げると、なぜかお腹を抱え笑い転げているリーサさんがいた。

「初めて男性に料理を振る舞ったんだが……」

お腹を抱えながら、苦しそうに言ってくるリーサさん。どうやら緊張しすぎて、俺が感想を言ったことで一気に緊張がゆるんで笑い始めたみたい。

リーサさんは続ける。

「『美味しい』という言葉を聞けたのは嬉しいが、私が勝負めいたことを言ったばかりにそうなったんだろう。ふふっ、スマンな。でも人に『美味しい』と言ってもらえるのはこんなに嬉しいものなんだな。それが思い人となれば、その嬉しさは数倍にもなるんだと実感することができた。今まで女友達にいくら言われても実感が伴（ともな）わなかったが、今ここで感じることができた。改めて礼を言わせてくれ。ケイン、ありがとう」

うわぁ。ここまでまっすぐ好意を伝えられると、照れて何も言えなくなるよ。

でもここで言わないと、またみんなから『ヘタレ』扱いされる気が……

「リーサさん、お昼をご馳走様でした。正直、ここまでの腕前とは思っていませんでした。それと、俺に対する気持ちも知ることができました。リーサさんの気持ちにちゃんと向かい合うにはあと十年くらい必要ですが、それまでよろしくお願いします」

そう言ってもう一度頭を下げるけど、反応がない。

もしかして、ヘマした？　怒らせた？

いろいろな感情でいっぱいいっぱいになりながら顔を上げると、そこには泣きじゃくるリーサさんがいた。

「えっと、なんで泣いているの？」

驚いて聞くと、リーサさんは号泣しながら言う。

「だって、嫌われているかもって思っていたケインに、そんなに真面目に応じてもらえると思っていなかったから～」

「え？　俺、一言でも嫌いって言った？」

戸惑いながら尋ねると、リーサさんは「言ってないけど、冷たかったから～、グスッ」と涙声になっている。

そうとは知らずに傷つけていたんだな～と思ってたら、自然とリーサさんの頬にキスしていた。

……ちょ、ちょっと早まったかな。

やってしまってから、自分の行動に焦る俺。

ドギマギしていると、リーサさんが涙を拭きながら急にこっちをじ～っと見て、自分の服の裾(すそ)を掴んで脱ごうとし始める。

「な、何やってんですか！　リーサさん！」

慌てて止める俺。

「何って『ナニ』だろ。あ、そうか！」

リーサさんは窓に近付くと、カーテンを閉じる。

「誰も見ていないと思うけど、恥ずかしいか。それとも見られる方が好みか？」

「だから、違うから！」

「あ、そうか。灯り（あか）も消さないとな」

俺が制止するのも聞かず、部屋の灯りを小さくして常夜灯くらいの明るさまで落とすリーサさん。

「まったく見えなくなると困るからな。ケインのこともよく見たいから、本当は明るくしたいが」

「違う！　全然違うから」

「あ、そうか。ここじゃダメだな」

突然リーサさんは俺の腕を掴み、寝室へと連れていこうとする。

も～、また暴走し始めたよ。

俺はリーサさんを落ち着かせるために、インベントリから取り出したハリセンでリーサさんの頭を殴る。

「イッタ～！　もう、なんだケイン、大人の階段を上るんだろ？」

暴走状態のリーサさんが聞いてくる。

「だ～か～ら～、まだそういうことはできないし、性犯罪だからね？　ちゃんと聞いてる？」

厳しく注意すると、「……すまない、嬉しくてつい」とリーサさんは照れ笑いだった。

「ハァ～、もういいよ。お昼も食べたし、そろそろ戻るよ」

俺はぐったりしつつ、リーサさんの部屋を出た。

集合住宅の食堂へと向かうが、歩くのがすごく難しい。

その理由は、リーサさんが後ろからぎゅっと抱きついているから。

「リーサさん、歩きづらいから離れてよ！」

俺は困りながら訴える（うった）が、リーサさんはまったく意に介さない。

「断る。もう少しこのままでいたい」

「も～、もう集合場所に着くから離れてよ……って、え？　ガンツさん？」

ふと見ると、こっちをジーッと見つめるガンツさんと目が合う。

「ケインよ、その密着具合からすると、まさかそのババアと……」

ガンツさんの言葉が途中で途切れる。

ガンツさんは『スパーン』という音と共に、後ろから奥さんのアンジェさんに頭を叩かれ、悶絶（もんぜつ）していた。

「たとえ実際にそうでも、そういうことを人前で口にしない！」

実際にそうだったらヤバすぎるんだけど、倫理観があるのかないのかよく分からない言葉をアンジェさんが言い放つ。

「も～、アンジェさんまで。違うからね！　ねえ、リーサさんも何か言ってよ」

俺は困惑しながらリーサさんに助けを求める。

「ああ、ケインから初めてしてくれたんでな。まだ体の一部が……」

「な、何言ってんの！　違うから！　ほらみんなが見てるから！　聞いてるから！」

「……そうか、聞きたいのだな。なら聞かせてやろう。実はな……」

「「「ゴクリ……」」」

リーサさんの言葉に、周りの人たちが息を飲む。

俺は『スパーン』とハリセンでリーサさんを殴って黙らせた後、ガンツさんたちに向き直って言う。

「まったくの誤解です。みなさんが想像しているようなやましいことは何一つありませんから！」

「なんじゃつまらん」

「まあ、ヘタレだからな」

「またガンツの早とちりね」

ガンツさんやガンボさんやアンジェさんが好き勝手に言っているが、ここで反論するとさらにいじられてとんでもない方向に話が進みそうなので、我慢するしかない。

集合場所の食堂へ入ると、「あ～、まだ痛いわ」とガンツさんが後頭部をさすりながらぶーたれていた。

「知らないよ。ガンツさんが変なこと言うからでしょ」

「ケイン、冷たいぞ！　ワシは相棒じゃないのか」

「またケインはジジイとイチャイチャして！」

ガンツさんと喋っていると、リーサさんが割って入ってきた。

「リーサさん、あまり男同士の間には入り込まない方がいいわよ。ああいうのは『またバカやっている』くらいで遠くから見ているのがちょうどいいの」

アンジェさんがリーサさんに耳打ちしているのが聞こえてくる。

「ええ。でも、あんな仲がいいのはちょっと羨ましいというか……」

リーサさんが言うと、アンジェさんは手を横に振る。

「そういうのは後で二人っきりになった時にしてもらえばいいのよ。ガンツもね……」

「おい、そこ！」

「……あら、この話はまた今度ね。リーサさん」

ガンツさんに怒られて、アンジェさんは途中で話をやめてしまう。

「はい、絶対に！」

リーサさんはアンジェさんの話に食いついていて、勢いよく返事をしていた。

ガンツさんはそれを見て、一人でブツブツと呟いていた。

しかし「……ったく油断ならねぇ、ババアどもだな」という言葉が聞こえてしまったみたいで、途端に『スパパーン』という音が響く。

そっちを見たらアンジェさんとリーサさんが二人できれいにガンツさんの後頭部にハリセンをお

見舞いしていて、思わず目を見開いた。

そういえば俺のハリセンがないけど、いつの間にか奪われてたらしい。

「あら、これいいわね。ケイン君。もらっていいかしら？」

アンジェさんが言いながら、ハリセンを大事そうに抱えてガンツさんに向き直る。

「あんた、『ババア』言わない！」

ガンツさんを一喝（いっかつ）するアンジェさん。

「悪かった。でもよ、そこのババ……」

ガンツさんがついといった感じで言い返すが、アンジェさんに「あ～ん？」とすごまれて途中で言葉を止める。

「……そこのリーサも、ワシをジジイ呼ばわりするんだぞ！　アイツもそれで叩いてジジイ呼びを矯正しろよ！」

「う～ん、それもそうね」

ガンツさんが訴えると、アンジェさんは思うところがあったみたいで、リーサさんに言う。

「ねえリーサさん、あなたもこのロクデナシとは今までいろいろあったから、思うところはあるでしょうけど、リーサさんの将来の旦那様の相棒でもあるこのガンツをジジイ呼ばわりするのは、対外的にもマズイと思うの。どうかしら、『ガンツさん』とまでは言わないけど、せめて『ガンツ』とこのジジイを呼んでもらえるかしら。この通り頼みます」

頭を下げるアンジェさんにリーサさんは慌てて近寄り、顔を上げさせる。

「アンジェさん、私の方こそ申し訳ありませんでした。そういうことならジジ……ガンツと呼ぶことにしますから！　これからはお互いの、だ……だ……うん、落ち着け、落ち着けリーサ！　ファイトォ！　リーサ！　やればできる子なんだから……よし！　お互いの『旦那様』のためになるよう、共に支えていきましょうね。ああっ、言えた～。きゃっ、『旦那様』だって」

興奮してまくし立てるリーサさん。

「リーサさん、全部聞こえているから」

俺が呆れてそう言っても、全然耳に入っていないっぽい。

「『旦那様』か。ケインよ、まあ頑張れよ。リーサはアンジェと近い匂いがするが。まあワシも通ってきた道だ。いつでも相談には乗るぞ」

ガンツさんがやけに親しげに肩に手を置いてくる。

それを聞いて「あなた！」とアンジェさんが怒ると、リーサさんも「ケイン！」と言い、「「コソコソしない！」」と同時に叱(しか)ってきた。

食堂でそんな茶番が繰り広げられているうちに、いつの間にかドワーフの里に戻るドワーフたちが集まっていた。

ふと周りを見渡せば、生温か～い目線でこちらを見られていた。みんなに見られたのが死ぬほど恥ずかしい。

でも気を取り直して、食堂の奥で呆れ顔でこちらを見ていたガンボさんのところへ行く。

「や～っと終わったか、ケイン。まあ面白かったからいいが」

ニヤニヤ笑いながら冷やかすように言うガンボさん。

「そう言うな、ガンボよ。これからケインはワシと同じように、嫁の尻に敷かれることがほぼ決まったんだ。なあケイン」

ガンツさんから背中を叩かれるけど、本当にそうなのかな。

そういえば、前世の婆さんとの若い頃ってどうだったっけ。

あれこれを思い出そうとするが、昔すぎてボヤ～ッとしか思い出せない。

もうなるようにしかならないかな、と思ってしまう俺だった。

5　お披露目しました

そんなこんなでドワーフたちを魔導列車に乗せることになり、ドワーフタウンの駅に向かったんだ。

「おい、これ。階段が動いているぞ」

「ああ、ホントだ。なんだこれ？」

初めてのエスカレーターに驚き、戸惑っている様子のドワーフたち。

「そこで止まっていたら、後ろに迷惑だ！　さっさと上がってこい！」

ガンツさんがエスカレーターの上から怒鳴るのが聞こえてきた。

ドワーフたちはおそるおそるエスカレーターに足を乗せ、なんとか改札の前までたどり着いた。

しかし、改札の通り方が分からないみたいで、みんな困った顔をしている。

「そのまま通ってください。改札の機能はオフにしてるので」

俺が案内すると、『ガチャンガチャン』と音を立てて全員が次々に改札を通り抜けた。

ちなみにこの改札は、改札のゲートを棒が遮（さえぎ）っていて、切符や定期を通してから体で押すと回転して通れるようになる仕組みのやつだ。確かニューヨークの改札もこんな感じじゃなかったかな。

こうしてドワーフたちはホームに停まっている魔導列車へたどり着く。

「運転に興味のある人は前の方にどうぞ」

俺が案内すると、みんなドワ～ッと運転席のある列車の前方に集まる。

「ああ、もう収集がつかないので順番にお願いします。順番で！」

騒ぐドワーフたちをなんとかなだめる俺だった。

「じゃ、ガンツさん運転頼むね」

ガンツさんにお願いすると、「分かった」と頼もしい返事をしてくれる。

「では、いってらっしゃ～い」

俺は手を振りながら、列車が駅から走りだす様子を見送った。

それが終わったところ、ふと見たらリーサさんがいた。

そういえばドワーフの里の案内を手伝ってもらう予定だったのに、リーサさんを列車に乗せるの忘れてた……

ていうか、本当は俺も行けばよかったのに、ドワーフの里には既に行ったことあるし、魔導列車も体験済みだし、いいやと思って普通に見送っちゃったよ。

でもまあ、実際今回行かなくてもいいよね、いつでも行けるんだし。

というわけで、みんながドワーフの里から帰ってくるまで事務仕事でもやるか。

「リーサさん、みんなが戻るまで、仕事手伝ってくれる？」

そう俺が言うと……

「ああ、いいぞ。どこに行くんだ。もちろん二人っきりだよな。ふふふっ」

とリーサさんは嬉しそうだ。

「まったく、何を言ってるの？　二人きりで行くって言っても、待ってるのは書類だよ、書類。デューク様に了解を得て市場に出すのが決まっている俺の発明品を、今度ギルドに登録するから、その時は手伝ってよね」

「ふふふ、二人の初仕事と思って頑張るか」

どこまでも前向き（？）にリーサさんは捉えてるみたいだ。

そんなこんなで魔導列車の運行が終わり、しばらく仕事をした後でリーサさんと別れ、俺は領都の家のリビングに転移ゲートを繋いだ。

「ただいま～」と挨拶して家に入り、手洗いうがいを済ませてからソファに座る。

体がほんのり疲れている感じがするから、このままひと休みするかと思ってたら、クリス兄さんが話しかけてくる。

「ケイン、そろそろドワーフタウンのショッピングモールに出店してもらう商店の人たちと話し合いをしてもらいたいんだけど、いいかな？」

そういえばそんな話もあったたな。魔導列車のことで完全に忘れてた。

「ああ、どうしようか。明日の魔道列車のお披露目が済んだ後でもいいかな？」

「明日だね、場所はどうしようか」

「どうせなら、ドワーフタウン現地はどう？　集合住宅の会議室を借りて話そうよ」

「そうだね、また魔導列車に乗って行くの？」

クリス兄さんは楽しみそうにしている。

「うん、もちろん！　お披露目した後に正式に運行する予定だから、いつでも使えるようになるしね。あ、そうだ父さんたちもどう？」

俺が提案すると、その場にいた父さんはちょっと心配そうに言う。

「ケインがまた何かするのか。大丈夫なんだろうな」

「そんな危険なことはないから、父さんも来てよ」

そう言った後で、招待客のことをセバス様に丸投げしていたことを思い出す。

携帯電話で確認したら準備万端にしてくれてるとのことだったので、お礼を伝える。

「やっちゃったな～。ていうか、本当はこういう仕事のためにリーサさんという秘書がいるんだから、お願いすればよかったな～」

独り言を口にしていると、母さんの声が聞こえる。

「はい、ご飯にするからね～」

というわけで、家族みんなで食事が始まる。

父さんが思い出したように「そうだ、ケイン。この家の増築が明日終わる予定だぞ。お前の念願のお風呂がやっと完成するな」と言った。

うわ～、お風呂とかすっかり忘れてた。そういや、まだ魔法陣を組み合わせてた頃に作ってたな。

とにかくこれで明日から、快適なお風呂が楽しめるんだね。

待ってろ、お風呂！　ようやく夢が叶うぞ～。

◇◇◇

翌朝、自分の家からドワーフタウンの集合住宅前に転移ゲートで移動する。ドワーフタウンに住んでるリーサさんに魔導列車のお披露目を手伝ってもらうために待ち合わせしてたんだよね。

転移ゲートを潜ると、リーサさんだけじゃなくガンツさんもいたので、今日のお披露目での運転よろしくねと頼んでおいた。

しかしガンツさん、領都とドワーフタウンの間を行ったり来たりしすぎてて、もはやいつどこにいるのか俺にも分かんなくなってきたな、

まあ魔導列車もできたことだし、ガンツさんが好きに移動するだろうからほっとけばいいか。俺の転移ゲートで移動したい時はまた言ってくるでしょ。

ガンツさんを見送った後、振り返るとリーサさんと目が合う。

「ケイン、いちゃついてたな」

またガンツさんに嫉妬してるよ、リーサさん。

「リーサさん、別にいちゃついてなんかないからね」

慌てて否定すると、いちおう納得してくれたのか「さて、今日の予定はなんだ？」と仕事モードになって聞いてきた。

いや、でも……

「それを管理するのが秘書であるリーサさんだよね？　俺に尋ねちゃダメじゃない？」

「……あ、ああ、そうか。秘書とはそれが仕事だったな。でも確か、予定も何も聞かされてないと思うぞ」

「あれ、そうだっけ？　ごめんリーサさん」

謝りつつ、今日はまず、領都でリーサさんに関係のある手続きをすることと、お昼から魔導列車のお披露目があることと、その後はドワーフタウンのショッピングモールへの出店希望者に、説明会を行うことを伝える。

「というわけで、集合住宅の中の会議室を押さえといてね」

リーサさんは指を折りながら「……覚えきれるかな。このくらいならまだ大丈夫か」と呟いている。

「……それで、ケインよ。『私に関係ある手続き』とはなんだ？　義両親への結婚報告のことか？　さすがにそれはまだ早いと思うが……でも、そうこうしてたら妊娠や出産報告が先になる可能性もあるしな……」

「ハァ〜、リーサさんの暴走がまた始まったよ。人前ではそういう危ない発言をしないようにね。手続きっていうのは、領都からドワーフタウンにいきなり引っ越したから、もとの部屋の解約とか何もしてないでしょ？　そういうのをやるってこと！」

俺が説明してあげると「うむ、なんだ、そうか」とリーサさんがガッカリしつつも納得する。

「それに、新しい部屋で足りないものもあると思うけど、ドワーフタウンにはまだお店がないから、こっちじゃろくに買い物もできないじゃん。だから、午前中はリーサさんのために使う感じだね」

そう言うと、リーサさんは嬉しそうな顔になる。

「『私のため』か……いいな。いいぞ、午前中だけとはいえ、これはもうデートだな。ふふっ」

ま、またそういうことを言う～。

デートだなんて、恋愛関係になることはまだないんだけど……でもまあ、暴走さえしなければリーサさんと一緒に過ごす時間はいつも楽しいからね。いいか、デートと呼んでも。

「まあ、用事をこなすだけなんだけど、これもデートになるかな？　はい、とにかく暴走する前に行くよ」

「ああ、分かった」

リーサさんがそう言って、俺に手を差し出してくる。

もうこの行動がお決まりになってるので、俺はリーサさんの手を握り、転移ゲートを領都の家の自分の部屋に繋いだ。

部屋の中に入ると、リーサさんが興奮した様子で深呼吸を始める。

「ここがケインの部屋か～。ハァ～、スゥ～、ハァ～」

「ちょっと何してんのさ？　今日はいろいろ予定があるんだからさっさと出ないと！」

「待て、もう少しだけいいだろう？」

「も～、いいから行くよ」

相変わらずなリーサさんの手を引っ張り部屋を出ると、母さんと出くわした。

「あら、ケイン……とリーサさん？　ケイン、父さんから話は聞いているけど、そういうのはまだ早いと思うのよ」

母さんの顔は少し心配そうだ。

リーサさんは何も聞こえていないらしくにっこりと笑い、「うむ、よろしく頼むぞ『お義母様(かあさま)』」とか言い始めた。

「母さん、違うからね！　何もしてないから！　よく聞いて、ね？　お願いだから！」

俺が焦って否定すると、母さんは笑う。

「そうだったのね、違うならよかったわ～。まだ私のお腹の子も産まれてないのに『お祖母(ばあ)ちゃん』にならなくて」

「お義母様、それは任せくれ。何人だろうと産むつもりだ。ケインが好きなだけな」

リーサさんが絶妙に噛み合ってない発言をする。

「あら！　それは楽しみね。よければ大体の予定をお聞きしても？」

母さんは真剣に尋ねている。

母さん、さっきの心配はなんだったの？

俺は二人の会話についていけなくなり「二人とも、その話はもういいから。リーサさんも行くよ。

用事を先に済まさないとダメでしょ。ほら早く！」とリーサさんの手を引っ張って急かした。

「おお、今日はいつになく積極的だなケイン。ではお義母様、後ほどまた」

母さんはリーサさんの暴走をどう思っているのか、ニコッと笑いながら「はい、リーサさん。またね」と返事していた。


お披露目の前に、リーサさんの住んでいた長屋の解約を済ませるために大家さんのところへ向かう。

しかし視線をやたらと感じるなと思ったら、手を繋ぎっぱなしだったことに気付いた。

転移ゲートを潜るたびに当たり前のように繋いでいたから、離すの忘れてたよ。

手をほどこうとするが、リーサさんの手に力が入っていてほどくことができない。

リーサさんの顔を見上げると嬉しそうだったので、まあいいかとそのままにしておいた。

大家さんは長屋の側に住んでいると聞いていたので「この辺？」とリーサさんに聞くと、「あれがそうだ」と指差す。

その方向を見ると、家から褐色の肌をした、黒ずくめの服のエルフらしき女性が出てくるところだった。

その女性がリーサさんに気付いて話しかける。

「あらリーサ、お久しぶりね。今日は子守りなの？」

「子守り？　ああ違うぞ。この人は私の旦那様だ。紹介しよう、旦那様のケインだ。ケイン、こっちは友人で一緒の長屋に住んでいたダークエルフのレベッカだ」

「ケインです。旦那様の部分は無視してください」

「ふふ、レベッカよ。よろしくね」

そう言ってくるレベッカさんの、貧乳のリーサさんとは違って大きい胸に目が向いてしまうが、これはしょうがない。

そう、男の本能だからしょうがないんだ。だから、見てしまっても仕方ないんだな～。

「ケイン、見すぎだ。おっぱいなら後でいくらでも見せるから、あれを見るのはやめてくれないか。レベッカよ、お前も分かってやっているな。やめろ！　寄せるな！　揺らすな！」

リーサさんが怒って叫ぶが、レベッカさんは笑いながら反応する。

「ははっ、この子面白いね、胸を揺らすと視線が追っかけてくるよ。ふふっ、楽しい！　気に入ったわ。この子ちょうだい！」

「ダメだ！　私の旦那様だと言っただろう。遠慮してくれ」

「ええ～、つまんなぁい。リーサが出ていって私も寂しいってのに、自分はそんな子と一緒に楽しんじゃってさ。ねえ君、私もどう？」

真剣に止めるリーサさんを無視し、レベッカさんが俺に迫ってくる。

……ハッ。いけない、いけない。俺ってば、思わず頷いてしまうところだった。『おっぱいは偉大だ！』って催眠にかかって胸に吸い寄せられそうな気がするから、揺らすのはやめてくれ！

「レベッカさん、今はリーサさんだけで十分なんです。だからご遠慮ください」

俺はうろたえてるのがバレないように必死に冷静な口調を作って言う。

「な、分かっただろ。ほら、どいてくれ」

リーサさんが強く言い、レベッカさんを制止する。

しかしレベッカさんは諦めず「あ～、今、この子『今は』って言ったよ。『今は』だって。ならさ、『今』じゃなきゃいいんだよね。ふふっ、待っててね。それでさ、リーサは今どこに住んでるのよ。私もそこを紹介してよ」とか言ってきた。

「どこにって……それは……」

口ごもるリーサさんに代わって俺が「ドワーフタウンですよ」と伝える。

「ケイン、誤魔化そうとしていたのになんで言ってしまうんだ！」

「でもリーサさん、部屋が広すぎて寂しいって言ってたじゃない？」

そう俺が言うと、リーサさんは「そ、それは……そうだが」と困ったように答える。

「ええ、リーサ寂しいの？　じゃ、私が一緒に住んであげる！　いいよね、じゃあ決まりね。ねぇ、どこに行けばいいの？　ねえ？」

レベッカさんはそう言って楽しそうにリーサさんを追いつめていた。

「ほら、こうなるじゃないか！　だからイヤだったのに」

リーサさんが嘆(なげ)く中、俺はリーサさんを「まあまあリーサさん、いいじゃない。ドワーフタウンもこれから賑やかになるんだし。じゃリーサさん、解約を済ませてきてね。ここで待ってるから」となだめた。

「じゃ、私もついでに解約してくるね」

レベッカが言うと、リーサさんが驚いて「レ、レベッカ、なんでお前が解約するんだ！」と叫ぶ。

「え～、だって一緒に住むんでしょ？　ならここはもういらないじゃん。リーサってば大丈夫～？」

「もう勝手にしろ！」

「は～い、勝手にしま～す」

リーサさんが怒りつつ言うと、レベッカさんは元気よく応えていた。

この二人のやりとりに気を取られて忘れそうになったけど、リーサさんの部屋の解約もしなきゃじゃん。というわけで、レベッカさんについでやってもらっておいた。

しばらくすると、レベッカさんが戻ってきた。

「お待たせ～、部屋を解約してきたよ。じゃ次は私の引っ越しね」

「え、本当に今すぐ引っ越すの？」

俺は驚きのあまり声を上げる。ここまでフットワーク軽く引っ越すなんて考えもしなかった。

「もちろん、今すぐよ～。時間もったいないでしょ？」

レベッカさんは俺たちを長屋へと連れていき、リーサさんが住んでいた隣の部屋に案内した。

「待て待て、なんでいきなり引っ越しなんだ。大体そんな急に引っ越しなんて簡単にできるはずがないだろうが」

リーサさんが怒っているが、レベッカさんは気にしてないみたい。

「え～、『急な引っ越し』をした張本人が何を言ってるの？」

「はっはは……何を言っているのかな？」

リーサさんはレベッカさんに聞かれて目が泳いでいる。

「私が部屋にいた時、リーサが帰ってきたような音がしたと思ったら、急に無音になって不思議だな～と思いながら中を覗いたら、もう何もないんだもの。つまり、そういうことが今回もできるんでしょ。じゃお願い！」

「お願いって……」

強引に言ってくるレベッカさん。

「リーサさん、いいよ。じゃ、全部放り込むね」

リーサさんは困っていたが、俺はその辺にあるものを片っ端からインベントリにしまい込んでいった。

「はい、終わりました。向こうに行く時は声を掛けるので居場所が分かるようにしといてほしいんですけど……」

　俺が言ってる途中で、レベッカさんがむぎゅっと突然抱きついてくる。

「いい、この子いい、気に入ったわ。ちょうだい！」

　レベッカさんが目はキラキラさせながら言った。

　おっぱいの感触の幸せに包まれていると、リーサさんが俺とレベッカさんを引き離す。

「もう、いい加減にして！　ケインも！」

「もうケチ！　ちょっとくらいいいじゃない。ねえケイン君」

「だから、誘惑しないでって言ってるだろ！」

　甘えたような口調のレベッカさんに、リーサさんはガチギレしていた。

　レベッカさんとリーサさんがいつまでも言い争っているので、俺は割って入った。

「レベッカさん、今日は俺たち、いろいろと用事があるのでその辺で。とりあえず十五時頃に引っ越しを手伝うので、分かる場所にいてほしいんですけど」

　俺が言うと、リーサさんがすかさず反応した。

「そうだ、私とケインは今日、デートなんだ。邪魔をするな」

「ええ、デートなんだ？　私ももう、今日の予定はないんだ。十五時までには時間があるし、一人で過ごすのも寂しいな～。そうだ、私も一緒にデートする！　名案でしょ」

「お前は～」

　嬉しそうに提案するレベッカさんに対し、リーサさんはイライラが止まらない。

俺は慌てて仲裁に入る。

「リーサさん、時間もないし、今日は我慢してよ。埋め合わせはなんとかするから」

「ケイン、でもせっかくの初デートがこんなに早く終わるなんて……」

「あちゃ～。リーサ、なんかごめんね、許してね」

シュンとしているリーサさんに、正直あまり悪いと思ってなさそうなレベッカさんが言う。

「いや、許さん！　忘れないぞ！　初デートをこんな形で終わらせられたんだ。忘れるなんてできるもんか！」

すっかり怒ってしまったリーサさんを、俺は慌ててなだめる。

「もうリーサさん、せっかく楽しい雰囲気だったのに台無しにすることはないじゃん。ほら行くよ。買い物もまだだよ」

「ああ、そうだな。すまんケイン」

リーサさんはやっと納得したみたい。

「ふ～ん。で、二人は何か用事があるの？」

レベッカさんが興味津々で尋ねてくる。

「お昼から西門前で魔導列車のお披露目をするんですよ。それに行くので」

俺が答えると、レベッカさんは驚いたみたいだった。

「ああ、なんだか噂になってたあれね～。君も関係者なの？」

「はい。いちおうは」

「ふ～ん、そうなんだ。いいね、君やっぱりいいよ」

俺は恥ずかしさでちょっと照れ笑いする。

「あはは、ありがとうございます。ほらリーサさん、行こうか」

「ああ、行こう」

リーサさんと手を繋ぐと、ちょっとだけ機嫌(きげん)を直してくれたみたいだ。

「じゃあ私はこっち～」

反対の手をレベッカさんが握ってくると、リーサさんがまた怒りだした。

「レベッカ、私の旦那様からその手を離すんだ。さあ早く！」

「ええ、空いてんだからいいじゃん。ねえ、ケイン君」

レベッカさんはまた甘えた口調で言い始める。

「ああもう、だからその手を胸元に持っていくな！　近付けるな！」

「もうリーサさん、怒りすぎだよ～。気にしなきゃいいじゃん」

「ケイン、そんなにやけた顔でレベッカの胸を触りながら言われても、納得できるもんじゃない！」

リーサさんが自分の懐(ふところ)からバッと手鏡を取り出し、俺の顔を映して見せながら言う。実際俺の顔はめちゃくちゃにやけてしまっていた。

や、やばいな。今日のデート、どうにかリーサさんが楽しめるようにしないと。

そうこうして歩いているうちに、父さんの店に着いた。

「いらっしゃい、ってケインか……えっとリーサさんと誰？」

不思議にそうにレベッカさんを見る父さん。

レベッカさんがニコッと笑う。

「レベッカといいます。お義父様」

「「お義父様とか呼ばない！」」

俺とリーサさんが同時に叫ぶ。

レベッカさん、何を考えているんだろう。またエロフが現れたよ。

父さんは真剣な顔で俺に尋ねてくる。

「ケイン、説明はしてもらえるのかな？　というか、できるのか？」

「う、う〜ん、リーサさんみたいな人が一人増えたっていうか……」

「ケイン、それを『二股』と世間では言うぞ」

ハッキリ言ってくる父さん。だ、だよね〜。

「まあ、なるようにしかならんか、頑張れ。たくさんの孫に囲まれるのも俺は好きだな」

父さんは二股に突っ込んできたかと思ったら、急に適当になっていつものように下ネタで締めていた。

その後でリーサさんはレベッカさんと新居用の買い物に行き、一時間くらいで帰ってきた。

それから三人で昼食を食べ、魔導列車のお披露目という名の開通式？　のために領都の西門に向かう。

西門を通ると少し離れた位置に『領都西門前駅』が見える。名前は後づけだけど、開通にあたって必要かなと思い考えておいた。

駅には結構人が集まっていた。みんな興味あるんだな〜。

その後、父さん、母さん、兄ズも合流して駅までの道をゆっくりと歩き、改札を通ってホームに入った。

ホームではデューク様たちが招待者席に座っていたので、軽く会釈(えしゃく)してその後ろの席に父さんたちを案内する。

しばらくして、ガンツさんが魔導列車の開業を宣言し、デューク様に代わる。

デューク様が開業に対する祝辞を述べた後に、線路の向こうに新都市を建設していることを告げた。

こうしてお披露目？　開通式？　が終わり、招待客が魔導列車に案内される。

今日は最大編制である十五両の魔導列車を用意したので、ここにいる人たちが乗りきれないことはないだろう。なので、俺たちも一緒に乗っていこう。

ホームにいた人全員が乗り込んだのを確認して、ホームにいた駅員が笛を短く鳴らす。

運転手をしているガンツさんがそれを確認した後、魔導列車のドアが閉まり、ゆっくりと線路を走りだした。

列車が加速し終えて巡行速度に達すると、あちこちから「おお～」とか「はえ～」とかいう感心した声が聞こえてきた。

駅に着くたびに乗客が物珍しそうに車外に出て、あちこちと見てまわる。

そんなことを繰り返しつつ、ドワーフタウンまでやってきた。

俺、父さん、兄ズは『ショッピングモール前駅』で降り、以前見てもらったショッピングモールの建設予定地を案内する。

「で、どう？　クリス兄さん、興味を持ってくれているお店は十分いそうかな。建物は五階建てにして、一階から三階にお店を入れるつもりなんだけど」

「ああ、むしろ譲り合いが必要になるくらいいっぱい集まってるよ」

クリス兄さんがそう教えてくれたので安心した。

「よかった～。とりあえず出店は大丈夫そうなんだね。じゃ、建てちゃおうかな。みんなちょっと下がっててね。いくよ！　えぃっ」

俺のかけ声で、一瞬で目の前に五階建てのショッピングモールが建った。

6　町長が決まりました

ショッピングモールを作った後は、父さんたちと内見を済ませ、転移ゲートで家に送った。その後はまた転移ゲートでドワーフタウンに移動し、リーサさん、レベッカさんに会う。

「さて、レベッカさんの引っ越し先はどこにしようか。リーサさんは、レベッカさんと一緒でもいいの？　今なら、他に空いている部屋もあるからそっちでも大丈夫だけど」

俺が提案すると、リーサさんはすかさず答えた。

「そうだな、違う部屋に入れてもらえるか」

レベッカさんは少し寂しげな様子だ。

「え～、一緒でいいじゃん。リーサは寂しいんでしょ？　私は構わないわよ」

「私が構うんだ」

「ちぇ～、じゃ、いいや。その隣は空いてるの？」

「えーっと、隣は」

レベッカさんに聞かれて俺が答えかけると……

「空いてないと言ってくれ！」

「……まだ空いてますね」

リーサさんに遮られかけたけど、正直に話してしまった。

リーサさんがショックを受けた顔でこっちを見てくる。

「ケイン、なぜだ……」

「いや、嘘ついてもすぐバレるし……」

「じゃ、案内してもらえるかな、ケイン君」

レベッカさんが甘えてくるけど「じゃ、面倒なんでこれで」と俺は転移ゲートをリーサさんの部屋のフロアに繋ぎ、レベッカさんの部屋まで案内するだけにした。

「ここですね、じゃ荷物はここに出しておくので」

ポイポイとインベントリからレベッカさんの荷物を出し、鍵を渡してそそくさと帰る。

父さんに『二股』とか言われちゃったし、よくないかな～と自分でも反省したんだよね。

廊下に出た俺を追って、リーサさんが出てきた。

「あれ、レベッカさんの引っ越しを手伝わなくていいの？」

「ああ、ケインの仕事が残っているだろう」

俺が尋ねるとリーサさんはそう言って手を差し伸べてきた。

「そう、なら行こうか」と言ってリーサさんと手を繋ぐ。

なんだかいつの間にか、俺とリーサさんが手を繋ぐのが当たり前になっているな～。

それからドワーフタウンの工房に行き、残っている書類をリーサさんと一緒に片付けた。

「これで全部かな。リーサさんお疲れ様」

俺がそう言うとリーサさんははにかみながら「ふふっ、今日はいろいろあったが、これで全て帳消しになった気がする」と言ってくれた。

『二股』とかいろいろあったので、この程度で帳消しとか申し訳ない気がする。

「ごめんね、リーサさん。今回の穴埋めは、改めてちゃんとするから」

「いいさ、ケインが忙しいのは分かってはいるつもりだ。だから気にするな」

優しく言ってくれるリーサさん。でも、次の発言で俺は顔が赤くなった。

「ただな……ケイン。お前はおっぱいに気を取られすぎだ。それはどうにかならんのか」

「ごめん、それは男には難しいから、ムリだ」

俺は正直にリーサさんに伝える。

「なぜだ！　横に私がいるのに、ケインはあの胸の肉に心を奪われると言うのか！」

「肉って……確かにそうだけどさ。男である以上は抗(あらが)えないんだよ、ごめん」

怒るリーサさんに必死に弁解するけど、リーサさんは「なんだそれは、私には理解できん！」と叫んだ。

「でもね、どんなに女性が美人だろうが若かろうが、関係なくてね。ちょっとブ……顔が個性的な女性とかババ……お年を召した女性でもね、胸がぶるんと揺れると目で追っちゃうんだよ。もうこれは男性全員がかかる病気といっても間違いじゃないと思う」

「…それほどか」

俺の説明に驚いているリーサさん。

「それほどです。猫（ねこ）が狩猟本能で動くものに反応するように、男の視線は揺れるおっぱいを追いかけてしまうんだ。もう病気なんだよ」

俺はそう必死に説明を続けた。

「それはなんだか同情してしまうな。分かった、信じよう。ふふっ、病気か。ふふっ」

何がおかしいのかまったく分からないが、とりあえずリーサさんが納得してくれたみたいでよかった。

リーサさんの怒りが収まったところで、俺はハッと思い出した。

「それでリーサさん、集合住宅の食堂は予約できた？」

ていうか、ショッピングモールの説明会って本当は今日やる予定だったよな。集まった人への連絡とかどうなってるんだろう。まあクリス兄さんがなんとかしてくれたはずと思って気にしないことにする。

「ああ、それは大丈夫だ。明日の十三時から予約している」

日時を間違えてる気がするけど、自信満々に答えるリーサさん。

「ありがとう、やっと秘書らしい仕事ができたね」

俺はリーサさんの自信を喪失(そうしつ)させないように、とりあえず褒めておいた。

「ふふふ、そうだな。秘書として、これからもやり抜いてみせるさ」

うん、やっぱり気付いてないね。仕方ない。これからに期待しよう。

最後に「じゃ、明日は朝九時にここで」と俺が言うと、「……もう迎えには来てくれないのか。

ケインは少し慌てているようだが、何かあるのか？」とリーサさんが少し寂しそうに聞いてくる。

「いや、そう見える？　実はね、今日家の増築工事が終わって、お風呂ができているはずなんだ」

俺はついテンションが上がってしまい、ウキウキ話した。

「これでお風呂に入れると思うと嬉しくて、嬉しくて」

リーサさんは驚いたような顔をして、「なんだ、風呂なら私の部屋で入ればいいじゃないか」と提案してきた。

「それはダメ！　いくらリーサさんがいいと言っても、俺がダメ！」

また暴走してきたリーサさんに、俺は強く言った。

リーサさんはくすくす笑いながら言う。

「ふふふ。そうか、あと数年先の約束だったな」

「ハァ～。分かってるじゃん。まあ、そういうことにしておいて。じゃあ、今日はこれで」

「ああ。お疲れさま、ケイン」

リーサさんと別れた後、領都の自宅に転移ゲートを繋いで移動した。

「ただいま～。父さん、お風呂はどんな感じ？」

玄関を開けながら、声を掛ける俺。

「ああ、先にいただいたよ。あれはいいね。実にいい。特に風呂上がりの冷えたエールはたまらない！」

父さんが満足げな声で言ってくる。

「えええ、父さんが一番風呂だったの!?」

お風呂の仕組みを発明したのは俺なのに～と思い、思わず大きい声が出た。

「すまんな、我慢できなかった」

父さんはニコニコしており、正直あんまり申し訳なくなさそうな気がする。でもお風呂を楽しんでもらえたのはまあよかったので、ちょっと複雑。

「ふーん、いいけどさ。お風呂って今入れるの？」

「今、サムが入っているところだ。次はクリスが待っているはずだ」

父さんからそう言われ「ええ、俺の風呂が～」とショックすぎてさらに大きい声が出た。

「もうご飯にするから、お風呂はご飯の後にしてね」

母さんが優しく言ってきたので、仕方ないけど諦めるか。

「は～い」と返事をして、夕飯を楽しみにすることにした。

◇◇◇

昨日はやっとのことで久しぶりにお風呂に入れたから、嬉しすぎて長風呂になってしまったな。

今日はお昼からはショッピングモールに出店する人たちとの話し合いの予定で、まだ時間はある。

それまでをどう過ごすかを考えつつ、領都の自宅からドワーフタウンの工房へ転移ゲートで移動した。

リーサさんとガンツさんが既にいて、ガンツさんは魔導列車の運転手をするはずじゃないの？　って思ったんだけど、運転に見込みのある人がいるから任せてきたらしい。

まあ、スラレール方式だからそれでも大丈夫だよね。

ガンツさん、リーサさんとあれこれ話してたら、急にガンツさんが言い始めた。

「でな、話は変わるがケイン。ワシこそ秘書が必要だと思うんだ。どうだ？」

「『どう』と言われても。お好きにどうぞ！　としか俺は言えないけど」

「そう言わんと、ワシも若い女子と一緒に仕事したいんだ！　そこの見かけだけ若く見えるバ……」

「バ？」

リーサさんに睨(にら)まれてガンツさんは言葉を切り「……リーサじゃなくてな。な～、分かるだろ〜」と誤魔化していた。誤魔化せてないけど。

「ハァ〜、ガンツさん。そういうのは、後ろにいる人に相談した方がいいんじゃない？」

「後ろ？　……まさかな」

ガンツさんが後ろを向いた瞬間、『スパーン』という音が響く。

「まったく朝から何を言ってるんでしょうね。このロクデナシは！」

そう言ったのは、ハリセンを持って手に軽く打ちつけているアンジェさんだった。

背後からアンジェさんに殴られ、ガンツさんは頭を押さえている。

「アンジェさん、おはようございます」

俺が挨拶をすると、「はい、おはようございます。ケイン君、リーサさん」とアンジェさんが応えてくれた。

「アンジェさんはどうしてここに？」

俺が聞くと、アンジェさんはにっこり笑い……

「私も働こうと思いまして、それをこのロクデナシに話そうと思って、来てみればこれですもの。私は何をしに来たんでしょうね」

ガンツさんを指差して言った。

ガンツさんが困りきった顔をしているので、提案してみる。

「そうだ。ならアンジェさんがガンツさんの秘書として働くというのはどうですか？」

アンジェさんの目がキラリと光る。

「あら、それはいいわね。ふふっ、考えてもみなかったけど、楽しそうね。ほらガンツ、私があなたの秘書になってあげるわ」

ガンツさんが俺に向かってブツブツ文句を言ってきた。

「恨むぞ、ケイン」

「あ、ガンツさん照れてる？」

俺が聞くとガンツさんはすかさず、「照れてなどおらん！」って怒鳴ってきた。でも、その顔がちょっと照れてるように見えるんだけどね。

「それでガンツさん、話を戻すけど、ある程度ここのドワーフタウンも人が増えたし、建設も進んでいるみたいだから、ちょっと予定を整理したいと思ってるんだけど……」

俺は領都のガンツさんの工房をどうするかとか、ガンツさんが所長をやってる車の教習所はどうするかとか、教習所のガンツさんの後継者はどうするのかとか、いろいろ話し合った。

しばらくガンツさんと話していると、リーサさんが羨ましそうに見ているのに気付く。

「またケインは。そんなにこのジジ……ガンツとイチャイチャせんでもいいだろ」

リーサさんがちょっとイライラした顔で言った。

「リーサさん、これは俺にとっても大事なことなんだよ。ガンツさんと話すことで気付くこともあるしね。それに、ガンツさんはこのドワーフタウンの町長でもあるんだから」

俺が反論すると、ガンツさんも続く。

「そうだぞ、男同士にしか分からん話もあるし、ワシは町長だからな！　……ん!?　ケイン、なあ今ワシを『町長』と言ったか？」

ガンツさんが驚いて聞いてくる。

「そうだよ、だってここはガンツさんがもらった土地だしね。でも、これだけの広さだと、ドワーフタウンという名前でも、そのうち『町』じゃなくて『市』になるかもね」

「そうかぁ。ワシ、町長になるのか～……じゃない！　この土地はそもそもワシだけじゃなく、お前と一緒にもらった土地だろうが！　なんでワシが町長なんだ？」

腑に落ちない様子のガンツさんが怒鳴ってくる。

「ボク八歳だから、何を言ってるの分からない……」

「ケイン！　もう、たまらん……ハァハァ」

俺がとぼけたら、リーサさんが年齢を聞いて興奮し始めたので慌てて止める。

「リーサさん、どうどう。落ち着いてね。お願いだから暴走しないでね。犯罪だから」

「ケイン、ほら半ズボンだぞ～。こっちには短パンも用意したぞ～。さあ、どっちをはくんだ？」

リーサさんがまたおかしなことを言いだしたので『スパーン』とハリセンで殴っておいた。

その後、ガンツさんに向き直って伝える。

「とにかくガンツさん、八歳が町長じゃおかしいでしょ？　なら、ガンツさんかガンボさんになると思ったんだけど、俺と一緒に最初に町を作り始めた相棒ってことでガンツさんに決まりました！　はい拍手～」

俺が言うと、その場にいたみんなが『パチパチパチ』と拍手をしてくれた。

「あ～、もう、分かったわ。とりあえずの暫定(ざんてい)でな！」

無理矢理だけど、ガンツさんもいちおう納得してくれたみたい。

工房主で、教習所の所長で、ドワーフタウンの町長（？）かぁ～。またガンツさんの肩書きが増えたな。

その後もガンツさんといろいろと話し合い、ショッピングモールを作るにあたって資材とか商品を運ぶ貨物列車も作ることにした。

貨物の列車の種類は、コンテナを載せられる車両、穀物(こくもつ)専用のタンクや油などの液体専用のタンクを載せられる車両、鉱石や砂などを積むカゴを載せられる車両などいろいろだ。

土魔法でそれぞれの車両の模型を「えぃっ」と用意して、実際の生産はガンツさんの工房にいつものように丸投げする。

ついでにガンツさんを鉄道会社の社長にすることにした。

ガンツさんはなんか言ってたけど、スルーして話を進める。だって俺八歳だから無理だし。

次はドワーフタウンに労働者、しかもお酒好きなドワーフの労働者が増えたのでお酒が飲める場所が欲しいという話になる。

ショッピングモールで飲酒っていうのは治安を考えるとなんだかな～って感じなので、お酒が飲める歓楽街を作ることにした。

ちなみにレベッカさんが酒場で働いてた経験があるらしいので、歓楽街はレベッカさんに任せることにしよう。

しばらくして十三時になったので、集合住宅の食堂に移動した。

「ケイン、こっち」

すでに到着していたクリス兄さんの側に行くと、紹介してくれる。

「ケイン、この人たちがショッピングモールに興味を持ってくれた商店主たちだよ」

「初めまして、ケインといいます」

俺はショッピングモールの模型を出して、一階にフードコートと生鮮食品売り場を作りたいと伝える。

当然だけど『フードコート』がなんなのか分からないみたいだったので、それについても説明してあげた。

フードコードだと、本店と同じクオリティのサービスが提供できないっていう人には、合同出資で別に建物を立ててレストラン街みたいにして支店としての店舗を構えたらどうかと提案しておいた。

みんな結構興味を持ってくれたっぽい。これも『合同出資』とか『レストラン街』から説明する必要があったけどね。

とにかくみんな気乗りしてる様子だったので、あとは各自で店の位置や広さを話し合ってもらうことにした。

残りのフロアはどうしようかな～と考え、二階は雑貨や家事用品、電化製品の魔道具の販売フロアに、三階は衣類関係のフロアにしたいと説明し、それぞれの店主たちに、飲食系の店主たちと同じように出店を依頼した。

最後に実際にショッピングモールの建物を案内して、魔導列車に乗せて見送りを終える。

その後は転移ゲートを領都の自宅に繋いで、クリス兄さんを送った。

7　海でも乗り物でした

それからはまたしてもセバス様、デューク様、ガンツさんといった常軌を逸した車好きの人たちのために、いつものようにドワーフタウンのレース場で走るための新しいレーシングカーを作って、いつものようにレースをしてを繰り返した。

その過程でリーサさんがセバス様と知り合ったり、セバス様の車のメンテナンスを専門にやってるビルさんと俺で車の改造をしたりといろいろやった。

まあ最終的にはいつものような感じでレースが済んで、いつものような感じでセバス様とガンツさんが口喧嘩して煽り合って終わった。

「じゃガンツさん、アンジェさん、リーサさん。また明日ね」

「おう」

「ええ」

「分かった」


俺はドワーフタウンに残る三人とレース場で別れて、領都の自宅に帰る。

「ただいま〜」とリビングに声を掛けると、ソファに座っていた父さんに尋ねられた。

「ケイン、お前ギルドには寄ったか？」

父さんによると、俺が商業ギルドに預けられている俺の発明品から出た利益について、何か手続きがあるらしい。

面倒くさそうだけど、仕方ないから明日行くか。

俺は風呂に入り、ベッドに寝転んで考える。

「ハァ〜、次は何作ろうかな〜。作りたいものは全部乗り物ばかりだからほとんど作ったと思う。

陸用の乗り物はずいぶん作ったよな〜。キックボード、ママチャリ、モトクロスバイク、車、魔導列車。陸用の乗り物はもう終わりかな。いや他にも大型バスとかトラックもあるか。空用は今のところセスナ機と複葉機とモーターハンググライダーかな。あとやれることは、ジェットエンジンの搭載(とうさい)だけどこれは時間掛かりそうかな～。なら次は海に挑戦だね。もうすぐ夏本番だし。船に、ジェットスキーに……となれば、マリンレジャーもいいかも。なら、ウォーターパークみたいな場所を作りたくなるなあ～。あと大型フェリーもいいし、クルーザーも欲しいよね～。う～ん、悩む。まあいいか明日だ、明日。寝る」

◇◇◇

そして翌日。

俺は工房でガンツさんに、模型を作って金属の船が水に浮かぶ仕組みを説明し、船を作るのに加えてウォータースライダー、流れるプール、波打つプール、子供用の浅いプールなんかが集まった『ウォーターパーク』を作りたいと説明した。

「わざわざ濡れて遊ぶ理由が分からん」

首を捻るガンツさん。

「ええ～、もう暑くなるから、冷たい水に入って遊びたくなるんじゃないの？」

「スマンが、ワシには無理じゃ」

かたくなに否定するガンツさん。

なんで？　樽みたいな体型だから？

その時、アンジェさんが話に割り込んでくる。

「あら、ガンツ。あなたは忘れたの？　昔、里の川で水浴びして遊んで、びしょ濡れになった私をあなたが……」

「ア、アンジェ！　その先はダメだ」

「……そうね、この話は家に帰ってからゆっくりね」

どうも若い時にイチャイチャラブラブしてから、キャッキャウフフな展開になったたっていうのろけ話っぽいな。

「はは～ん、ガンツさんも若い時はそうだったんだね～」

俺がからかうとガンツさんは頭を下げてきた。

「ケイン、言うな。悪かった、この通りだ」

「いいよ、謝らなくて。ともかく、夏に女性とイチャイチャラブラブしてキャッキャウフフな展開になるには水遊びに限るよね。つまりプールが必要って分かってくれた？」

俺の言葉に「ああ、若い連中には確かに必要だな」とガンツさんが頷く。

「じゃ、問題なしってことで。ウォーターパーク作るよ」

「だが、ワシの時は里の川だから男は下着でも構わんかったが、ウォーターパークとなるとそうもいかんだろ」

「そこはね、コレで」

ガンツさんに尋ねられ、俺はスライム樹脂製の繊維を混ぜて作った布でできた、ハーフパンツ型の水着を見せ、どういうものか説明してあげた。

「ほう、『水着』ねえ。よくもまあここまでスライム樹脂を使いこなすな」

ガンツさんは感心していた。

ちなみにスライム樹脂っていうのは、前世でいうゴムみたいなものね。

「女性用の水着は当然、下だけじゃなく胸が隠れるのを用意するからね。売れると思うよ」

俺が言うと「だが、これから用意するには針子が必要だから難しいんじゃないか？」とガンツさんが指摘する。

「それもそうだね〜。何か手を考えるよ」

そんな感じで話が一段落して、俺は工房の事務員の女性が出してくれたお茶を飲む。

その途中、リーサさんが俺の脇腹をツンツンとして聞いてくる。

「なあ、ケインは私がどんな水着を着れば喜んでくれるんだ？」

「ぶっ」

お茶を吹き出しそうになるのをなんとかこらえる。

なんてことを言うんだ、リーサさん！　でもリーサさんの水着姿、ちょっと見てみたいよね。貧乳だけど。

その後、工房で昼食も食べた。食べ終わり、さて商業ギルドに出かけるかとソファから立ち上がると、リーサさんに「どこに行く？」と聞かれた。

そういえば、リーサさんは予定を組んでくれる秘書なのに予定を伝えていなかった。

俺はリーサさんに商業ギルドに行くことを話して転移ゲートで一緒に移動した。

商業ギルドから伝えられた用件っていうのは『預けっぱなしになっている俺の資産がとんでもない額になっているので、どうにかしてくれないか』というものだった。

う〜ん、どうしよう。いきなりそんなこと言われても、使い道が思いつかないな。

あ、でもデューク様が許可するならいい案があるかも。

俺はいったん商業ギルドから出て、デューク様に相談してみることにした。

そして領都のデューク様のお屋敷にまた転移ゲートで移動する。

その後、デューク様とセバス様に、俺の資産を預けるので、デューク様が鉄道会社を作り、魔導列車をさらに延長しないかと持ちかける。

俺は好き勝手にモノ作りしたいし、その手伝いにガンツさんにもいてほしい。だから正直魔導列車はもういいので、デューク様に丸投げしようと思ったんだ。

それに丸投げしても列車の整備とか生産はうちの工房でしかできないから、結局そこそこ利益は出るしね。

そんなことを話していると、デューク様の奥さんのアリー様がやって来た。

「ケイン君が投資して、営業権も渡してくれるって言ってるんだから。どこに不満があるの？」

デューク様に詰め寄るアリー様。

アリー様がそう言うならってことで、デューク様も了承してくれた。

そんな感じで領都からドワーフタウンまではガンツさんの管轄、領都から王都まではデューク様の管轄ということにした。

あと、これから敷設していく王都までの線路については、デューク様が線路が通る位置に住んでる人への交渉とか、駅の位置とかを考えてくれるようにと丸投げでお願いした。

そんなこんなでデューク様と契約書を交わした後、今度はアリー様に呼ばれた。

「ケイン君、リーサさん。ちょっとついてきて」

アリー様に連行され、別の部屋へ案内されると、デューク様のお子様二人が座っていた。姉のエリー様と、妹のマリー様だ。本当はエリー様とマリー様の間にショーン様というお坊ちゃまもいるけど、今日は姿が見えないな。

「ああ、ケイン君だ〜。お久しぶり〜。んんん？　横のオバサンは誰かな？」

「ケインおにいさま、おひさしぶりです。よこのおばさんはだれですか？」

エリー様とマリー様がいきなりリーサさんを罵倒(ばとう)した。

「お、おばさんだと！」

「はいはい、座ってリーサさん」

「ケ、ケイン。な、なぜ止める！　私が『おばさん』と言われているのだぞ。離せ！」

実際の年齢はババアだけど、見た目は二十代だもんね。

怒鳴ってくるリーサさんを「どうどう落ち着いて」となだめる。

アリー様も、エリー様とマリー様をたしなめる。

「はい、あなたたちも落ち着いて。大人しく座りなさい」

「「でも……」」

「座りなさい！」

「「はい」」

エリー様、マリー様の二人は何か言いたげだったけど、アリー様に睨まれて黙った。

「では、ケイン君。ここに呼ばれた理由は分かるわよね」

アリー様が俺に向き直って言う。

「はい、なんとなく」

「なんとなくですか。まあいいでしょう。では、リーサさんとの関係について説明をお願いしても？」

「説明しないとダメですか？」

「逆に何も説明しないでいいと思っているの？」

「……ダメでしょうか」

「ダメです！」

アリー様に追いつめられて、俺は話し始める。

「分かりました。では説明しますね。え～と、始まりは……カクカクシカジカ……」

実は先日デューク様に「婿になってうちの家を継げ！」って言われて、アリー様とエリー様、両方の婚約者になるよう強要されてたんだよね～。

ショーン様もいるのに、俺の方が有能だから継いでほしいんだってさ。

でも俺はまだ子供なので『婚約者（仮）』でお願いしますって言ってたんだけど、リーサさんがあちこちで俺のことを旦那様と連呼してるのが、アリー様の耳にも届いてしまったらしい。

説明を聞いたアリー様が大きくため息を吐いた。

「は～、なるほどね、まあ大体の事情は分かりました。ですが、この娘たちの立場を蔑ろにしたことは、どう思っているの？」

深刻な顔で問うてくるアリー様。

俺は少し困りつつ、「え～と、まだ『(仮)』の状態なので、そこまで深くは考えていなかったというか、なんというかですね。その～」としどろもどろで言う。

「もう、いつもと違ってはっきりしないわね。結局、『(仮)』のままだから、ダメだったのよね。なら『(仮)』を取ればいいのかしら？」

「ただ、俺はエリー様、マリー様と違ってただの平民ですし」

「でも、資産はあるでしょ？」

「さきほど、ほぼ全額を投資したのでもうありません」

「あら、そうだったわね。じゃ功績を評価して貴族になる？」

「功績といってもほとんどはガンツさん任せですし、それに貴族には興味がありません」

「もう！　あれもダメ、これもダメってどうするの？」

アリー様を怒らせてしまったので、俺はある提案をする。

「その～、まずは『お友達』からでいいんじゃないですか？　大体、まだショーン様の結婚相手も決まってないんだから、俺が婿になって家を継げとか無茶ですよ」

「そうなのよね、そもそも跡継ぎのショーンがヘタレなのが問題なのよね。この際、もう一人息子が産めるまで『ナニ』するしかないのかしら」

「でしたら、これをどうぞ」

悩んでいる様子のアリー様に、俺がある発明を差し出す。

「これは？」

アリー様が興味津々で聞いてきた。

「これはある一定範囲内の音について、範囲外に一切漏れなくなるという魔道具です。『ナニ』するにはぴったりかと」

「あら、いいわね。少し試しても？」

「ええ、ぜひ」

「エリー、マリー。ちょっと席を外してもらえる？」

アリー様が二人に言うと「「え～、ケイン（おにいさま）とナニするの～？」」と意味が分かっているのか分かっていないのかよく分からない発言をしていたが、「いいから、早く立つ！」とアリー様に怒られていた。

二人が離れたので、俺とリーサさんとアリー様のいる範囲に防音の魔道具を起動する。

「ポチッとな。これで周囲には音が漏れませんよ」

「本当かしら？　じゃあ今度早速夜に使ってみるわね。じゃなくて！　ケイン君、せっかく音が漏れないから話しておくわね。あなたが娘たちの『婚約者（仮）』というのは解消させてもらうわ」

そう言うとアリー様はチラッとエリー様たちを見て楽しげな顔をする。

「あら、本当に聞こえてないみたいね。あの子たちは何も反応していないようだし」

「ケイン、私にもくれ」

何か言っているリーサさんを無視して、アリー様と話を続ける。

「婚約解消はいいのですが、実は別件でアリー様に相談したいことがあります」

俺はアリー様に、ウォーターパークの構想と水着のことについて、かいつまんで説明した。

するとアリー様は笑みを浮かべ「で、何かお願い事があるんでしょ？　いいわよ。言ってみなさい」と得意げにしていたので、俺も遠慮なく頼む。

「デザイナーの方を紹介していただけないでしょうか」

「デザイナーねえ〜。なんで必要なの？」

アリー様が不思議そうにするので、俺は水着の見本として無地のハーフパンツを出して見せた。

「これが水着のサンプルなんですが、どう思いますか？」

「まあ、特徴も何もない無地よね。これが何か？」

「アリー様。女性として、全員がこの無地一色で同じデザインの水着を身に纏っているウォーターパークってどう感じます？」

「う〜ん。それはちょっと遠慮したいわね。着る楽しみがなくなるわ」

俺はニヤリとして身を乗り出し「そこで、デザイナーが必要になるわけです」と力説した。

特に女性の水着はエロ……じゃなくてきれいな方がいいに決まってるもんね。

「なるほどね〜、そうなるわけね」

アリー様は納得した顔をしてくれた。

「そういうことならいいわ、紹介状を書いてあげましょ。だけど、請け負うかどうかはそのデザイナーの人次第よ。それはいいわね？」

「はい、紹介状をいただけるだけでもありがたいです。では、これも一緒に渡してください」

俺はアリー様に頭を下げつつ、アリー様に彼女用の携帯電話、紹介状に同封してもらうデザイナー用の携帯電話を渡し、携帯電話の仕組みも説明して、これがあれば早く返事がもらえることを説明した。

アリー様にデザイナーの手配を頼むことができたので、ホッと一息ついていたところ、アリー様が目を細める。

「で、これだけかしら？」

ちょっと得意げに聞かれたので、俺は「実はデザイナー絡みでもう一つあります」とお願いする。

「あら、まだあったのね。それは何かしら？」

「アリー様に言うのもはばかられるのですが、『下着』です」

「まあ、私の下着が欲しいの？　もうケイン君たら～、いくら年上趣味でも私は人妻よ。んもう」

なぜかまんざらでもなさそうなアリー様が言う。

リーサさんはムキになって口を挟み「ケイン、私の下着ならいくらでもあげよう。だから、他の人のはやめてくれ！」と騒ぎだした。

俺はハァ～と嘆息して説明する。

「え～と、お二人ともまずは落ち着いてくださいね。デザイナー絡みだと先にお伝えしましたよね」

「そういえば言ってたわね」

「ああ、言ってたな」

二人が頷いたので、俺はリーサさんのスポブラの話をする。

「リーサさんは、父さんの店で売ってたスポブラを使っているというのは聞いています。でも、スポブラってデザイン的にエロくな……じゃなく！　きれいじゃないですよね」

「そうね、私も見たことはあるけど、ちょっと美しくないわね。それでデザイナーの出番ってわけなのね」

アリー様はそう共感してくれた。

「そうです。スポブラにデザイナーによる装飾を取り入れれば、もっときれいになると思うんです。ついでにカボチャパンツもきれいになればと思ってます」

「……ケイン君、そこまで考えているのは、男の子としてちょっと先が心配になるわよ」

さすがに引き気味に言うアリー様。

やっぱりエロを求める俺の男の本能はバレているらしい。

リーサさんは意味不明に「ケイン、私はボクサーパンツを愛用しているぞ。カボチャパンツではないぞ」と弁解し始めた。

「……とにかく、言わんとしていることは分かるわ。そういうデザイナーも心当たりがあるから紹介しましょう」

リーサさんを無視して、アリー様がそうまとめてくれる。

「よろしくお願いします」

俺は感謝の気持ちを込めて頭を下げておいた。

「これで話は終わりかしらね。あの子たちにはちゃんと納得してもらうから、今までと同じようにお友達でお願いね」

アリー様は笑顔で俺に言った。

俺は素直に「分かりました」と頷く。

「さて、そこでむくれている子たちにも話をしましょうか。えっと、これかな。ポチッとな」

魔道具をいじって呟くアリー様。

すると魔道具が停止して、音が聞こえるようになる。

「もう〜、お母様たちのお話が全然聞こえなかった。何を楽しそうに話していたの？」

「いたの？」

エリー様が言い、マリー様も続く。

「へ〜、本当に聞こえなかったみたいね。ケイン君、これは売り出す予定はあるの？」

アリー様が興味津々で聞いてきた。

「デューク様の許可が出るのならば、考えてみますよ」

「ん～、まだいいかな。いろいろと悪用されそうだし」

俺は答えると、アリー様は微妙に悩んでいるようだった。

エリー様がむくれて問いかける。

「もうなんの話？」

「そうね～、あなたたちの新しい妹か弟の話よ」

アリー様が楽しげに返す。

「え？　もしかしてケインとナニを？　私との『契り』は飛ばして？」

ショックを受けた様子のリーサさんが驚愕して反応する。なんでそうなるんだ。

「それもいいかもね。ね、ケイン君」

アリー様がまさかの提案をしてきた。

「アリー様、冗談でもやめてくださいね。ほら、俺の腕を見てください。ちぎれそうです。痛いです」

俺の腕を力いっぱいリーサさんが引っ張っていることをアリー様にアピールしながら、俺は慌てて頼む。

「あらあら、まあまあ。リーサさんごめんなさいね。ちょっとした冗談よ。婚約者ならこのくらいで取り乱さないでね」

アリー様が大して悪く思ってなさそうに軽くリーサさんに謝る。

アリー様がそんな調子なせいか、リーサさんはまったく力をゆるめる様子がない。

「アリー様、ホントに頼みます。痛いんです」

俺がまた懇願（こんがん）するとアリー様が厳しい表情で俺に言う。

「あらあらまあああ。でも娘たちの婚約を解消したんだから、あなたも少しは痛い目を見てもいいんじゃない？　甘んじて受け入れなさい」

「「えっ！　どういうこと？」」

エリー様、マリー様が同時に驚いた声を上げた。

「エリー、マリー。これからケイン君とは婚約者じゃなくお友達に戻るのよ。まあでも先のことは分からないから、どう付き合うかは好きにしなさい」

アリー様が冷静にエリー様、マリー様に説明する。

エリー様は「なんでそうなったのかはよく分からないけど、ただ『婚約者（仮）』の肩書きが消えただけって考えればいいの？」と混乱しながらも受け入れようとする。

「ええ、それで合っているわ」

アリー様が頷く。

「じゃ、今までと変わりはないってことね！　分かりました。じゃ、これからもよろしくね。ケイン君」

エリー様が言うと、マリー様も「マリーも～」と続いた。

俺は二人と握手をして『婚約者（仮）』の解消に納得してもらえたことに安堵した。

その後、部屋を出ようとしたらアリー様とセバス様の会話が聞こえてきた。

「ねえ、今日の夕食なんですけど、旦那様の分に精力剤を仕込んでもらえるかしら」

「はい、モリモリで？」

「ええ、ギンギンで」

うーん、近々アリー様から防音装置の魔道具を売れって騒がれそうな気がする。デューク様がいろいろ言ってくるだけでもうざいのに困ったな。

8　ビーサンを作りました

俺はお屋敷から出ると、セバス様と一緒に転移ゲートでカート場へ移動することにする。

セバス様は常軌を逸した車好きなのでデューク様から車に乗るのを禁止されてるんだが、この間ガンツさんと作ったカート場でカートを走らせるくらいなら大丈夫だろうと思ったんだ。

「ちょっと待ってくださいね」

俺はセバス様に伝え、ビルさんを呼んでくる。

「ん？　セバス様、お久しぶりです。セバス様のクラッシュした車を完全に修理できず申し訳ありません」

ビルさんがセバス様を見て驚いて言った。

「ビル様、お顔を上げてください。あの車でのレースは無理ですが、普通に走る分には問題ないくらいに修理されたと聞いております。ありがとうございました」

セバス様はそう言って頭を下げた。

「それで、ケイン様。ここはどこでしょう。レース場の近くと言うのは分かるのですが」

セバス様に尋ねられたので答える。

「ここはカート場です。あれに乗って、コースを走ります」

俺がカートを指差すと、セバス様は「なるほど、楽しそうですね」と興味津々でカートを眺める。

「それで、僕はなぜ呼ばれたのでしょう？」

ビルさんが不思議そうな顔で俺に尋ねる。

「セバス様一人で走ってもつまらないでしょ？　一緒に走ってはどうかなと思ってね。それに走り方のクセみたいなのも分かれば、新車にも活かせるかなと」

「なるほど～」

俺が説明すると、ビルさんは納得した様子で頷いていた。

セバス様とビルさんは、早速二人でカートをピットレーンに移動させて、セバス様は操作方法をビルさんに教わる。それからカートを走らせコースへと出ていった。

二周ほど軽く流した後、スタート位置に戻ってくるセバス様。

それから「全三周でレースをしたいです」と言ってきたので、スタートシグナルを用意する。

『ピッピッピッピップゥ』とスタートシグナルから音が響くと、同時に駆けだす二台のカート。

最初のコーナーこそ二台は並んで突っ込んでいったんだけど、その後はじわりじわりとビルさんが離されていく。

セバス様、なんて速さなんだ。さすがスピード狂なだけあるな。

ゴール時にはビルさんはほぼ半周離されていた。

激しいレースを終え、カートから降りたセバス様は俺の方に向かって笑顔で言う。

「ケイン様、いいストレス解消になりました。いつかはこのカートのレースでも、あの樽ジジイを負かしてやりたいですね」

「ほう、樽ジジイとはワシのことか？」

突然後ろから声が聞こえたかと思ったら樽ジジイことガンツさんがいた。

「これはガンツさん、いらっしゃいましたか」

セバス様が慇懃無礼(いんぎんぶれい)に挨拶する。

「おう、いたさ。カート場もワシの管轄だからな」

睨み合い、バチバチと火花を散らす二人。

「まったくケインもこんな奴を好きに走らせおって」

ガンツさんは俺にまでブツブツ文句を言ってきた。

「まあまあ、ガンツさん。セバス様はまだ車が直ってなくて、ストレスが溜まってるかと思って誘ったんだからさ。そんなに言わないでよ」

「そうですね、ケイン様には本当にお世話になっております」と、セバス様が俺を擁護する。

「ケインは本当にセバス殿には甘いな～。ワシには厳しいのに」

ガンツさんがまだむくれている様子でブツブツ言う。

「そんなことはないでしょ？　どっちかって言うと、セバス様の車マニアぶりを一番面白がってるのはガンツさんじゃないの？」

「フン、まあいい。それでどうする？　今から、こいつで決着つけるか」

ガンツさんが唐突にセバス様を挑発し始めた。

「いえ、カートではなく車でのレースで決着をつけましょう。ただ、まだ車の修理が終わっていませんから、先のことにはなりますが」

セバス様が冷静に答えた。

「そうだな。そういえばワシもまだ車の修理に手をつけておらんかった」

ガンツさんはちょっと面白くなさそうにそう言った後……

「『ケイン（様）！』」

セバス様と同時に、俺の方を向いて声を上げた。

「う～、俺を見られても。なら日付だけでも決めましょうか。今が七月の頭だから、十月最初の土日ってことでどうです？」

「期間としては三ヶ月弱ってところか。それくらいあればワシも作れるかな。よし、ワシは構わんぞ」

俺が提案すると、ガンツさんが了承した。

「ビル様、車の修理はどうでしょうか？　そのスケジュールでできます？」とセバス様が聞くと
「セバス様、僕はその期間であれば、試験しながらでもいけると思います。やりましょう！」とビルさんもやる気を見せる。

「分かりました。ではケイン様、それでお願いします」

セバス様が礼儀正しく頼んできた。

「じゃ、それで」

最後に俺がそうまとめて、またレースを開催することが決まったのだった。

その時、急にガンツさんが俺の足元に目をつける。

「ところで、ケインよ。それはなんだ？」

ガンツさんは俺の履物を指を差して、不思議そうに聞いてきた。

「あ、僕も気になりました。涼しそうでいいですよね、ソレ」とビルさんも興味津々の様子。

俺が履いているのは、いわゆる『ビーチサンダル』。普通のサンダルよりも涼しい感じがするから、レース中に暑くなった時に、インベントリに入ってたスライム樹脂でさっと作って履いてみたんだ。

俺はちょっと得意げに説明する。

「これは『ビーチサンダル』だね、さっき作ってみた」

その後、「えぃっ」でガンツさんの分も作ってあげる。

ガンツさんは試しに履いてみて、「うむ、これはいいぞ。圧迫感もないしな」と気に入った様子。

「いいのぉ、ワシにも作ってくれんか」

「私もいいかしら」

いつの間にかいたガンボさん、アンジェさんも興味津々だ。

セバス様にも「いります？」と声を掛けてみると、ちょっと困った様子だった。

「いえ。ありがたいのですが私はそのようなものを履くわけにはいきませんので」

「普段ではなく、部屋履きでいいんじゃないですか？」

俺がそう提案する。

それを聞いたセバス様は、「ああ、それは盲点でした。であれば、お願いします」とすぐに納得してくれた。

ビルさんは不安そうにしてたので、心配ないことを伝えてあげた。

「そ、そうか、そうだよね、うん分かった。やめとこう。でも歩いて通勤の時はいいよね？」

「だって足にものを落としたら、直撃ですよ。痛いですよ～」

ビルさんの顔には驚きが浮かんでいる。

「危険？　そうなの？」

「あと、ビルさん。仕事中は危険だから、履くのやめてくださいね」

それから、ビルさんにもお願いする。

もし運転するなら最初は十分に注意してね」

「ガンツさん、車の運転する時には、履くのはあまりオススメはしないよ。滑りやすくなるからね。

俺はビーサン姿のガンツさんの方を見て忠告する。

ビーサンって案外人気あるんだね、ちょっと嬉しい気分。

ガンボさん、アンジェさん、ビルさんは早速履きかえてみて、みんな楽しそうにしていた。

「これ仕事でも履きたいですね」

「ええ、いいわね。ありがとうケイン君」

「おう、こりゃええの。なんで今までなかったのかが不思議なくらいだ」

その場で人数分のビーサン「えぃっ」で作って渡す。

「はい、じゃ作りますね」

「それは問題ないでしょう」

「よかった、ありがとう」とビルさんは安堵の表情を浮かべる。

その後、俺はセバス様をお屋敷に転移ゲートで送るために声を掛けた。

見ると、セバス様は手にビーチサンダルを嬉しそうに抱えている。

あ、ハダカで持たせてしまったから、デューク様一家に見られて、後で『欲しい』って言われる気がする。余分に作っとくか。

その後はビルさんも転移ゲートで家に送り、今度はガンツさんの車で領都に帰ることに。

車の運転の途中、運転席のガンツさんに、ビーチサンダルで運転が大丈夫かちょっと心配になり確認する。

「どう、ガンツさん。ビーサン滑らない？」

「むう、ちょっとは滑るがゆっくり走れば大丈夫そうだな」

「なら、安全運転でお願いね」

俺がお願いすると、ガンツさんは頷きながら、「おう分かっとる」と力強く答えた。

俺が家に帰ったら、サム兄さんが速攻で俺の足元を見て、ビーサンに気付いた。

目を輝かせながら、「おっ、これ何？」と驚いた顔で尋ねてくる。

夏だからか、みんな興味を示すな。なんかビーサンのブームが来そうな予感。

その場で家族分のビーサンを「えぃっ」で素早く作って渡した。

みんなで履くと、意外にも普段は冷静なクリス兄さんが興奮している。

「ケイン、これいいよ！　まだうちの店で売らないの？　売るなら暑いうちに早く売らないと」

「今日、ガンツさんに見せたところだからね、多分明日にはギルドに登録しに行くから、作りだすのはその後だよ。型も揃えないといけないし」

「そうか、でもなるべく早くお願いね」

俺が返事すると、クリス兄さんがそう頼んできた。

「分かったよ、兄さん。ちゃんと父さんの店で売れるように対応するからさ」

笑顔で答えた後、少し多めに作っておくかな～って思った。

そんな会話の最中、母さんがキッチンから促してきた。

「はい、話が終わったのならご飯にするから、早く片付ける」

俺と兄ズは一斉に、「「「はい」」」って答える。

家族の時間はやっぱり楽しいよね。

夕飯を食べ終わった後のこと。

セバス様のビーサンを見たらしいアリー様から、携帯電話で四人分のビーサン製造をお願いされた。

ショーン様もいるのでので五人分では？　と確認すると「あらあら、まあまあ、そうだったわね」と改めて五人分をお願いされた。

もしかしてショーン様を忘れていた？

まさかね。最近影が薄いけど、いるよね？

しばらくして、用意したビーサンを持って転移ゲートをセバス様の部屋の前に繋げた。

ノックしたところ、中からセバス様が出てきた。足にはビーサンを履いている。

「履いてくれてるんですね」と俺が言うと、セバス様は微笑みながら言った。

「はい、部屋履きとしてですが、とても気に入ってます。それで、こんな時間になんの用ですか？」

俺は袋から新しく作ったビーサンを取り出す。

「デューク様たちのビーチサンダルを作りましたので、お届けしに来ました」

「それはそれは。早速作ってもらい、すみませんでした」

「ふふふ。セバス様、ウチの家族もそうですが、この暑さだとビーサンはマストアイテムみたいですよ。だから、全然気にしないでください。ただ、これ、ちょっと滑りやすいんで気をつけてくださいね」

セバス様は頷きながら「分かりました」と返事をした。

最後に、俺はセバス様に挨拶する。

「じゃあ、夜遅くに失礼しました。おやすみなさい」

「おやすみなさいませ」

セバス様もそう言いながら、俺を見送ってくれた。

◇◇◇

翌朝。

俺は起きると、すぐに「えぃっ」でビーサンを五十足ほど作り、父さんに渡す。

それから転移ゲートでドワーフタウンに行き、ミーティングの部屋に入ると、ガンツさんが待っていた。

俺たちはビーサンの量産についての話を始める。

「そうか、店でも売りたいとなったか」

ガンツさんが呟くので頷いた。

「そうなんだ。それで、領都とドワーフタウン、どっちの工房で作るかなんだけど、どっちならできそう？」

「作る場所ならこっちのドワーフタウンの工房にはまだ余裕があるな。ただ人手が足りないんだよな」

「なら、向こうから通勤してもらうのはどうなの？」

そう提案したら、ガンツさんは「おお。そうだな、それもアリか」と頷く。

その時、同じ部屋にいたアンジェさんが話に割り込んできた。

「ねえ、あなた。他のドワーフの奥さんたちも働ける場所を探しているでしょ？　このビーチサンダルなら、それほど専門知識も必要としないから作れると思うんだけど、どうかしら」

「『いいな、それ！』」

それを聞いて俺とガンツさんは同時に言っていた。

「よし、アンジェよ。希望する人たちを集めて説明しといてくれ」

ガンツさんが指示を出すと、アンジェさんはちょっと考えてからガンツさんに断わる。

「ちょっと待って、ほとんどが子持ちの主婦だから、一日中は勤めることはできないわよ」

それを聞いて、俺は提案してみた。

「なら就業時間を区切って選べるようにしたらどう？　例えば九時から十二時、十二時から十七時、十時から十五時みたいにさ」

「ふむ。一日中拘束（こうそく）するのではなく、働きたい時間を選べるってことか、いいぞ。それ、採用！　頼むアンジェ」

感心した様子のガンツさん。

アンジェさんも頷いた。

「午前、午後、中間の時間ね。分かりました。それで話してみます」

「頼みます」

俺とガンツさんは再び同時に言っていた。

「あと、こういうのもあるんだけど」

俺はそう言ってから、テーブルの上に『つっかけ』を出した。

ちなみに、木でできたサンダルみたいなもののことね。

今で言うとつっかけはただのサンダルを指すことが多い気がするけど、俺は前世がジジイなのでしょうがない。

「これは木でできているのか。履きづらそうだな」

ガンツさんがつっかけの存在意義が分からなそうに首を捻っている。

「ちょっとその辺まで出かける時に履くって感じのものだよ。ちょっとリーサさん履いてみて」

俺がお願いすると、リーサさんが「こうか」と言いながら履く。

「うむ、ビーチサンダルと違い、親指と人差し指に紐が通っていないから指の間が痛くないのはいいが、少し重いな」

「では、アンジェさんにもお願いします」

リーサさんの感想を聞いて俺が言うと、アンジェさんが「あら私も？　では失礼して」と答えて履く。

「あらこれは。ふふふ、リーサさんの言う通りね。でも形はビーチサンダルよりは可愛いわね。それに長く履かなければ重さも気にはならないと思うわ」

「これは木と布でできてるんだけど、布を貼りつけるのはパートさんでもできると思うんだ」

俺が提案すると、ガンツさんが言ってきた。

「また知らん単語を使いよる。『パートさん』とはなんだ」

「短時間、つまりパートタイムで働くから、『パートタイマー』。略して『パートさん』って呼んでみた」

俺が説明すると、アンジェさんが反応する。

「いいじゃない、『パートさん』。募集する時は『パートさん募集中』でいい？」

「それだと『パートさん』っていうのが職業みたいになるから、『パート募集中』で」

俺がそう頼んだら、アンジェさんは「あら、意外と細かいのね」と言っていた。

「木工部分を担当する者は私の方で紹介できるぞ」

リーサさんが言ったので、俺は「なら、そっちはリーサさん頼むね」と依頼しておく。

そういえばエルフって木工が得意なんだよね？　助かる～。

工作室に入った俺は、テーブルの上を見渡しながらつっかけのことを考える。

「さて、布の部分からやるか。布っていうとミシンがいるかな。でもどうやって作るんだろ？」

昔見た足踏みミシンを思い出しながら、その構造を思い浮かべる。

「そうだ、機械の上に糸を置くところがあったけど、それだけじゃなくて下にも糸が通ってたよね。あの糸のことを『ボビン』って言ってたっけ。ミシン針も変わった形してたような……」

うーん、完璧には覚えてないけど、まあやってみるしかないよね。

とりあえず、ミシンを載せるための台を作ることにした。

俺はミシンを載せるテーブル部分の支えとなる脚は頑丈な鉄で作製し、足踏みペダルと、それに連結する部品も取りつける。

「よし、ミシンの台はこれでいいかな。あとは、肝心のミシンの運針を思い出すだけだな。確か上から通した針の糸に……」

こんな感じかなと適当に作り、糸を通さない状態で回してみると、ミシンはすんなりと動いた。

パタパタと足踏みペダルを動かしているうちに、楽しくなってくる。

そういや昔、これで遊んでよく母さんに怒られたなあ。

ここまで作ったけど、いざ使おうと思ったら、糸がないことに気づいた。

「あ～、もう、しょうがない。父さんの店に行って糸をもらってこようかな」

俺は工作室を出て、廊下を歩きながらリーサさんの姿を探す。

「あ、いた。リーサさん、ちょっと領都の父さんの店に行くんだ。ギルドにも寄るつもりなんだけど、ついてきてくれる？」

「ああ、分かった。書類はできているぞ。私も木工職人のところに行きたいから、一緒にお願いする」

リーサさんと手を繋ぎながら、転移ゲートを潜る。

転移ゲートの先に出ると、父さんが商品を整理している姿が見えた。

「ケイン、ビーサンを持ってきてくれてありがとう。これ、もうすぐ売りきれそうなんだよ。また頼むよ。それで、今日はなんの用だ？」

「実は、細い糸と太めの糸が欲しいんだ」

父さんはすぐに選んで渡してくれる。

「これとこれだな。代金は後でビーサンの売り上げから引いておくから」

なんかいつの間にか父さんにも『ビーサン』という略称が浸透してるっぽいな。

「ビーサンって呼び方、町でももう定着してるの？」

「まだだけど、近いうちにそう呼ばれるようになるかもな。で、大量の糸を必要とするなんて、また何か作ったのか？」

「まだ試行錯誤中だけど、完成したら見せるから。それまで待ってて」

商品を増やすチャンスと思ったのか、父さんの目が輝く。

「分かったよ、楽しみにしとく。だが……大丈夫だよな？　本当に大丈夫だよな」

俺の発明品に散々驚かされてきたので、ちょっと不安げな顔をする父さん。

「……多分、大丈夫だと思う。じゃ、行くね」

父さんは苦笑しながら言う。

「多分って、お前らしいな、ケイン」

そんなやりとりをしながら、俺とリーサさんは店を後にした。

店を出た後、リーサさんの案内で目的の木工職人のお店を訪ねる。

「こんにちは。シンディいる？」

店に入ると、リーサさんが呼びかけた。

「はいはい、ちょっと待ってね～」

すぐにシンディと呼ばれた女性が目の前に現れる。

「って、リーサじゃん。お久しぶり！　どこに行ってたの？　って、横の子は誰？　まさかあんたのショタコン趣味の被害者じゃないわよね？　自首するなら付き合うわよ。さあ行きましょう！」

リーサさんは慌てて制止する。

「ちょっと待て！　話を聞いてくれないか」

シンディさんはニヤリとして返事をする。

「話なら、衛兵の前ですれば二度手間にならないわよ。さあ、行きましょ」

「だから、違う！　ショタコンの被害者じゃないから。頼むから聞いてくれ」

「もう、何よ。自首は早い方がいいわよ」

俺は我慢できずに二人の間に入って言う。

「あの……話が進まないのでいいですか？」

シンディさんは驚いた顔で俺を見る。

「あら、被害者の君はちょっと待っててね。すぐに助けるから。いいわね」

俺はハァ～と嘆息する。

「ふぅ、リーサさんの周りは暴走する人ばかりなのかな」

「待て、ケイン。そういう目で見ないでくれ。頼むから」

「あら、なんか思ってたのと様子が違うわね。本当にショタコン趣味の被害者じゃないのね？」

シンディさんは俺たちのやりとりを見て考えを変えたらしい。

まあ、実際は被害にめちゃくちゃ遭ってるけどね。

リーサさんは今までの自分の言動を覚えてないのか怒りの表情でシンディさんに言う。

「だから、さっきからそう言ってるだろ！　まったく、話を聞かないから余計にややこしくなる」

「リーサさん、ショタコンな行動については前科持ちなんですか？」

ていうか倫理観ユルユル異世界だと思ってたけど、子供へのわいせつ行為は犯罪で捕まるって認識してる人もいるんだね。

リーサさん、ガンツさん、アンジェさん、ガンボさん、うちの家族とかの倫理観が異常でヤバイだけって判明してしまったな。

そんなことを思いつつ俺が尋ねると、リーサさんは焦った顔で答える。

「ケ、ケイン違うぞ。シンディが言ってるだけだからな。私はまだ身も心もきれいなままだから。なんなら試してみるか？　私はいつでもいいぞ」

散々シンディさんに否定していたのに、シンディさんの前で自らショタコンな言動を始めたリーサさんをいつものようにハリセンで殴って正気に戻した。

シンディさんは俺とリーサさんを見てニヤリと笑う。

「あら、なかなかいいコンビみたいね。で、何をしに来たの？」

やっと本題に入れるのか、長かった。

シンディさんと向き合って座ることができたので、少しだけ観察してみる。

背はリーサさんと同じくらいで、見た目は美人じゃなく普通、リーサさんと同じく胸がペッタンコな貧乳のエルフの女性だった。

シンディさんは俺の視線に気づいて、ニヤニヤしながら言う。

「君、顔に出るタイプみたいだね」

俺はちょっと焦ったけど答える。

「そ、そんなことはないですよ」

慌ててテーブルにつっかけを出し、下駄部分を作ってもらえないかとシンディさんにお願いした。

シンディさんは興味津々でそれを取り上げる。

「へ～、『つっかけ』ね～。ちょっと試してもいい？」

俺は頷いて「どうぞ」とつっかけを渡し、履き心地を確かめてもらう。

シンディさんはしばらく考え込んで、手元の工具でつっかけの下駄部分の底を削りだす。

「……よし、これくらいかな」

シンディさんが加工したつっかけを履き、少し歩いて「うん、これでいい」と納得する。

加工はつま先部分と踵(かかと)を削る手直しだけだった。

ちょっと削っただけなのに履き心地が変わるとは。これが職人と素人の違いかな～。

シンディさんがちょっと得意げに言う。

「いいわ、この話受けるわ。リーサが惚(ほ)れ込んだ相手みたいだし」

「お、分かるのか？」

リーサさんに言われるとシンディさんはニヤリとして「分かるも何も、ず～っと腕を離さないじゃない。くくっ、分かるわよ」と言ってきた。

リーサさんは嬉しそうにニヤニヤしている。

「ふふっ。分かるんだと、ケイン。ふふふっ」

リーサさんがまた調子に乗っている気がするけど、シンディさん、リーサさんのショタコンを止めたいのか止めたくないのかどっちなんだ。

「それで、ケイン君。これからどうすればいい？」

シンディさんが尋ねてきた。

「すみません。今日は話をするだけで、いきなり引き受けてもらえるとは思ってなかったので何も用意していませんでした。ですが、今日はこれをお渡しします。これでリーサさんから連絡するので、今後はリーサさんとやりとりしてもらっていいですか？」

俺はインベントリから携帯電話を出し、リーサさんに使い方の説明をしてもらう。シンディさんは感心してそれを見ていた。

「へ～、こんなのがあるんだね。で、君の番号は？」

リーサさんが急に警戒した顔になる。

「ケイン、言わなくていい。シンディ、ケインに用事がある時は私に言え。いいな、絶対だぞ」

シンディさんはくすくす笑いながら「くくっ、分かったわ。あのリーサがねぇ……」と言っていた。

「また詳しい契約内容が決まったら、連絡しますね。では、これで失礼します」

俺がシンディさんに言うと、リーサさんが急に割り込む。

「では、シンディ。私から連絡するから。私からな」

シンディさんは軽く笑いながら返事をする。

「はいはい、じゃあね。よろしくね」

「いいか？　ケインは私のだからな」

念を押しているリーサさんをシンディさんが笑う。

「あら、そう？　くくっ」

「はいはい、リーサさん。キリがないから行きましょう。大体シンディさんはショタコンじゃないから取らないって。ではよろしくお願いします」

「またね、ケイン君」

シンディさんに手を振られて店を出た。


二人で商業ギルドへと向かいながら歩く。

しかし、シンディさんとの最後のやりとりが引っかかったのか、リーサさんはなんだか不満そうな顔だ。

「リーサさん、いい加減機嫌直しなよ。俺がシンディさんから何かされたわけでもないのに」

「何かあってからでは遅いだろ」

「いや、まだ何もできないんだって。もう忘れたの？」

「……あ、ああそうだったな。すまんケイン」

俺が聞くとリーサさんは申し訳なさそうにしていた。

その後、商業ギルドに到着し、手続きを終えて父さんの店に報告をしに向かう。

店に到着して早速父さんに声を掛けると、父さんがお願いしてくる。

「おう、ケイン。いいところに来たな。すまんがビーサンをもう少し用意してもらえないか」

「ええ、帰ろうと思ってたのに。どうしてそうなったの？」

父さんは苦笑いしながら答える。

「売りきれたと説明してもな。『まだか、まだか』と客がうるさくてな」

「なら『入荷未定』とか表示しとけばいいじゃん」

「そうは言ったがな、なら『ソレを売れ！』とコレを欲しがってくるんだ」

自分の履いているビーサンを指差しながら言う父さん。

「なら、履かなきゃいいじゃん！」

「いやだ、暑いうちはこれを履き続ける！」

「え～、その父さんの我儘(わがまま)に俺は付き合わせられるの～？　勘弁してよ」

文句を言うと、父さんが頭を下げてくる。

「なあケイン、頼むよ。この通り」

「う～ん、じゃあ十足ね」

「え？」

「量産できるまで、一日十足提供するから。それでいいでしょ」

「ちょ、ちょっと少ないかな」

父さんが頭を下げつつもチラッチラッとこちらを窺ってくる。

「なら、八足」

わざとそう言うと、父さんが驚く。

「ええ、下げるのか」

「文句言うなら、五足」

父さんが慌てて答える。

「十足、十足でお願いします。客は頑張って説得しますから」

「ハア～。じゃあ今度持ってくるね」

俺はリーサさんと一緒に転移ゲートで移動する準備をする。

「ケインよ、店主が頼んでいるのだからもう少し融通してもいいのでは？」

リーサさんが俺の肩に手を置きながら言ってくる。

「ええ、いやだよ。昨夜もいきなり五十足も作ったし。あれでも結構頑張った方だよ。もう、ず～っと単純作業が続いてさ。飽きたから十足が限界だって」

「そ、そうか。ケインがそう言うなら」

俺がぶーたれると、リーサさんはいちおう納得してくれたっぽかった。

9　ミシンを作りました

転移ゲートでドワーフタウンの工房に戻ると、アンジェさんが待っていた。

「アンジェさん、どうしたんです？」

なんか知らないけど工作室の中を指差しているので、覗き込んでみる。

するとガンツさんがミシンを触ったり眺めたりしている。

「ガンツさん、何やってんの？」

尋ねたら、ガンツさんが一気に喋り始める。

「おうケインか、これはなんだ？　なんのための道具だ。う〜、分からん。でもちょっと待てよ。当てるからな、ちょっとだけ待て……う〜ん、ここに針がある。ここを動かすとと針が上下する。針を何度も何度も突き刺すってのは、なんの意味があるんだ。う〜、降参だ。分からん。教えてくれ。これは何をする道具なんだ」

「分からないのも無理ないよ。これに糸をこうやって……」

俺はミシンに糸をセットして、ガンツさんの目の前でデモを始める。

ミシンに下糸と上糸をセットして、大きめの布を台に載せる。それから足踏みペダルをリズムよく動かしながら、縫い始める。

布を見てみると糸はちゃんと通っている。

なんとか縫えてるな。ならいちおうは成功かな。

「これで布が縫えるんだよ。どう、便利でしょ？」

ガンツさんは驚いた表情で答える。

「こりゃ驚いた。縫い物がこんなに楽にできるなんて。アンジェよ、これを使ってみろ」

アンジェさんは困ったように答える。

「あなた、私にはこれは無理です」

「なぜだ、試しに座ってみろ」

「はあ、分かりました……ね、ほら」

仕方なくアンジェさんはミシンの前に座る。でも足が短すぎてペダルに届いてない。

「おっと、すまん」

謝るガンツさん。自分もいろんなものに足が届かなくて苦労してるもんね。

「アンジェさん、このミシンは試作品だから足踏みペダルなんだけど、魔導モーターを組み込む予定なんだ。そしたら足が届かなくても使えるようになるからね。誰でも簡単に使えるようになるからね」

俺はそう言って慰めてからリーサさんに言う。

「じゃあ今度はリーサさん、試しにやってみる？」

「私は裁縫は得意じゃないのだが」

そう言いつつもリーサさんはミシンの前に座った。ペダルを踏むと、布がスムーズに縫われていく。

「おお、ちゃんと縫えているな。私でもできる。ふふっ、これならケインに履いてもらう短パンが作れるな」

『スパーン』とハリセンで殴ってリーサさんの暴走を止め、ミシンを使った感想を聞いてみる。

リーサさんは痛がりつつも……

「正直、このミシンはすごくいい。誰でも裁縫ができるようになるのは間違いない」

と、根拠は謎だが断言していた。

俺は頷きながら、次のステップについて話を進める。

「それじゃあ、次はこのミシンに魔導モーターを組み込んで、縫い方のパターンを増やしてみるね」

ガンツさんが興味津々に聞いてくる。

「おっ。ケイン、何を追加するんだ？」

「魔導モーターの力でね、この針を左右に動かすことで、いろいろな縫い方ができるんだよ。それを試してみようと思って」

「なるほどな。複雑な縫い方をすれば、縫い合わせも強くなるのか」

「そういうことだよ」

「よし、手伝わせろ！　こんな面白いものを独り占めするのはずるい！」

ガンツさんはテンションが上がった様子でよく分からないことを言ってきた。

「ええ。何がずるいの。ガンツさん、よく『ずるい』って言うけど、全然ずるくなくない？」

「なんでだ。面白い発明を一人で勝手に作るのはずるいだろ」

ガンツさんの基準だとずるいらしい。まあ、とにかく発明に参加させてあげればいいってことだよね？

ということで、ガンツさんと一緒に足踏みミシンの改造を始める。

まずは今ある足踏みミシンを分解し、魔導モーターをどこに組み込むか確認していく。

ガンツさんには台とペダル部分の調整をお願いし、俺はミシン本体を手直しすることに決めた。

そんな感じで黙々と作業をこなし、時折休憩を挟みつつ、なんとか改造が終わる。

「これで魔導モーターミシン、略して『魔導ミシン』の完成だね！」

俺が宣言するとガンツさんがワクワクした顔で言ってくる。

「よし、縫えるか試そう！」

「ダメ、明日にしよう」

「なぜだ。作ったらすぐ試すものだろ」

拗(す)ねた顔になるガンツさん。

「今動かして何かあったら、どうせ徹夜して改造を続けるでしょ？」

「う～、言われてみれば、そうなりそうな感じはするが、夢に見そうだな。う～」

俺と同じかそれ以上に発明大好きのガンツさんがそんな風に言ってくるが、徹夜したくないから、無視。

「はいはい。じゃあ俺は帰るからね。勝手に工房に忍び込まないでね。アンジェさん、じゃあ後はお願いしますね」

「はい、分かりました。ほら、あなた、帰るわよ」

アンジェさんはガンツさんを引っ張りながら言った。

「ぐ～。せめて、せめて一針だけでも試し縫いを……」

ガンツさんは最後の抵抗を試みるが、アンジェさんに引っ張られて工房を出ていった。


転移ゲートで家に帰ったら、父さんが感謝の言葉を伝えてきた。

「ビーサンの追加ありがとな、ケイン。明日も十足だけ頼むぞ」と笑顔で言う。

俺は頷きながら「明日も十足だけだからね」と釘を刺しておいた。

それから夕飯を済ませたら、突然に携帯電話の着信音が鳴った。表示を見ると、アリー様からの電話だった。

一瞬、無視しようかと思ったけど、その後すぐにまた鳴りだしたので仕方なく出ることにした。

『はい、ケインです』

『あ〜、ケイン君、よかったわ、繋がって。そうそう、ビーサンありがとうね。早速使わせてもらっているわ、それに防音装置も……ふふっ、もう精力剤のおかげもあって』

関係ない話をされて長くなりそうだったので尋ねる。

『アリー様、ご用件は？』

『……あ、ごめんなさいね。あのね、例の水着のデザイナーの件なんだけど、結構乗り気らしいのよ』

『それはよかったです。それで、何か問題でも？』

『それがね、要約すると、早くそっちへ行かせろって話なの』

アリー様によると、王都にいるデザイナーがとにかく早くこっちに来たがってるので、俺に丸投げしてなんとかしてほしいという話だった。ハァ〜。

その翌日。

なんやかんやあって、俺が以前発明したセスナ機で、二人のデザイナーがいる王都まで行くことになった。

なお、セスナ機乗りたさに無駄にガンツさんがついてきて、リーサさんも特に何もしない割に秘書だからと言ってついてきた。

俺と一緒にいたいだけじゃないの、リーサさん。

セスナ機は陸路で十日かかる王都からこの領都まで一時間弱で来れちゃうような、この世界的にオーバーテクノロジーな発明だ。

この過程でセスナ機のことはデューク様、セバス様、アリー様にもバレたので、みんなに『セスナ機とかインベントリとか転移ゲートとか、俺によるオーバーテクノロジーのことは口外しません』という誓約書は書いてもらってある。

まあこれ以外にも散々やらかしてるから、今さら感あるけどさ。

ちなみに俺は転移ゲートを使えるので、帰りはセスナ機をガンツさんに任せ、デザイナー二人はオーバーテクノロジーがバレないよう目隠しをした上で、転移ゲートで領都のデューク様のお屋敷まで連れてくることにした。またバレる相手が増えるとめんどいし。

でもどうせバレる気もするから、後で誓約書は書いておいてもらう。

ちなみにやって来たデザイナーは、二人とも女性だった。彼女たちはこれからしばらく、デューク様のお屋敷に滞在することになる。

顔合わせは明日やるとアリー様に言われたので、俺はいったんお屋敷からドワーフタウンの工房へ転移ゲートで移動する。


俺がドワーフタウンの工房に足を踏み入れると、ガンツさんがいた。

昨日約束していた、魔導ミシンの動作確認をやりたい！　とギャーギャー言うので、やってみることにする。

「なるほど。そうやって針を横に動かし、布を送ったり戻したりして縫うのだな。ふむふむ。ほ～、そうかそうか」

ガンツさんが納得した顔で言った。

「そうだよ、分かる？　で、こうやってジグザグに狭い範囲で繰り返すと……ほらっ！　頑丈に見えるよね？」

俺がまつり縫いした布を出すと、ガンツさんが縫い合わせた布を引っ張り、強度を確認する。

「意外と強いな」

「でしょ？」

俺は少し得意げに言う。

「で、これをね、少しこうすると……ほら、これ、何に見える？」

「『ほら』って言われても、分からんぞ」

ガンツさんは首を捻って考え込む。

するとアンジェさんも覗き込み「あら、これって熊じゃない？」って言う。

「犬じゃないのか？」とリーサさんも続いた。

「……猫だよ」

俺はちょっと照れながら正解を教える。

ミシンなら刺繍もできるとアピールしたくて、試してみたんだ。でも俺のデザインセンスのせいでうまく分かってもらえなかったな。

「ケインよ、そう落ち込むな。よく見れば猫に見えないこともないかもな。うんうん。しかしケインにも苦手なものがあったのだな。ふふっ」

裁縫が苦手なリーサさんは、俺もへたくそなのを見て喜んでいるようだ。

「そうね、この魔導ミシンで刺繍もできるってのは、新しいわね～。きっと次はもっとうまくできるわよ」

アンジェさんはそう慰めてくれた。

これが改善できれば服のデザインの幅広がるだろうし、頑張ってみるか～。

10　デザインを描きました

そして、翌日。

アリー様に呼ばれた俺は、リーサさんと一緒にお屋敷に着いた。

応接室にインベントリから足踏みミシンと魔導ミシンを出して置く。

出し終わってミシンの調子を見ていると、部屋にデザイナーのうちの一人が入ってくる。

「あら、ボク。どうしたの？　今から、この部屋は使うから他の場所で遊んでね。はい、こっちよ」

俺はこのデザイナーを迎えに行ったので顔を知ってるけど、彼女の方は目隠しをしていたので、俺を知らないんだよね。

俺が説明した方がいいかな～と思っていたら、部屋にアリー様が入ってくる。

「あら、ケイン君。部屋から出てどこ行くの？　おトイレかしら？」

デザイナーが驚いた様子で言う。

「え、え、あれ？　え？　アリー様？　もしかして、この子がケイン君？」

「ええ、そうよ。顔合わせのために呼んだの。で、どうかしたの？」

「邪魔だから出ていけと言われました」

アリー様にチクる俺。

「あ、ケ、ケイン君。それは私の勘違いで……ね、その、ごめんなさい」

慌てて頭を下げるデザイナーに笑って見せる。

「ふふふ、単なる冗談ですよ。見た目はどう見ても子供だし、リーサさんの方が取引相手だと思ったんでしょう」

「た、確かにそう思いました」

そう言ってまた頭を下げるから、キリがないのでやめてもらう。

その後、アリー様が俺たちに声を掛ける。

「じゃあ、ケイン君。こっちに来て、私から二人に紹介するわね」

アリー様はそう言った後、デザイナー二人の前に俺を立たせる。

「まず、こちらがケイン君。あなたたちの依頼主よ」

紹介されると、デザイナーの二人はちょっと驚き、興味津々な目で俺を見てくる。

「初めまして、ケインといいます。こちらは俺の秘書のリーサさんです」

「よろしく頼む」

俺からも二人に挨拶し、リーサさんも紹介した。

リーサさんがなぜかちょっと得意げにニコッと笑う。

次にデザイナーの一人で、男口調で喋る女性が言う。

「オレはシャルル。こんなだけどいちおう女だ。よろしくな」

続いて、もう一人のデザイナーで、さっき俺を出ていかせようとした猫獣人（ねこじゅうじん）の女性も言う。

「私はキャシー、初めまして……じゃないわね。先日はありがとうね。ふふっ」

どうやら俺が王都から移動させたことへのお礼らしい。

「ん？　何言ってんだキャシー、この子とは今初めて会ったところだろ」

不思議そうなシャルルさん。

「そうね、私たちは目隠していたから、初対面みたいなものね。でも、昨日王都からの移動をやってくれたのはこの子なのよ」

え、じゃあなんでさっき俺と初対面みたいなノリだったの？

意味不明で首を捻ってたら、その答えが出る前にキャシーさんがとんでもないことを言ってきた。

「しかも移動の時に見ていたはずよ。今みたいに私たちの胸元をね。でしょ？　ケイン君」

「「「ケイン（君）！」」」

みんなに一斉に怒られ、キャシーさんの意味不明さについてはスルーすることにし、おっぱいを見ていた理由を説明する。

「すみません、見るつもりはないんですが、目の前で胸が揺れると、つい追いかけてしまって。男の本能なのでしょうがないんです」

「傷つくぞ、ケイン」

貧乳で胸が揺れないリーサさんが小声で言ってくる。

「ところでキャシー、なんでこのケインが移動させたとか、おっぱいを見てたとか分かったんだ？　目隠しはオレもしてたけど、この少年と昨日も会ってたなんてまったく分からなかったぞ？」

不思議そうなシャルルさんにキャシーさんが答える。

「ふふっ、私はこれでも猫獣人よ。犬獣人ほどじゃなくても結構鼻は利くから、それで周囲の大体の状況は分かるの。ちょっとごめんね」

キャシーはそう言うと俺を抱き寄せ、頭の匂いを嗅(か)いでくる。

「うん、この匂い。幼い少年特有の乳臭さから、汗臭い匂いへ移行するかのような……」

この人もリーサさんと同じくらいヤバそうだと思い、殴った方がいいのかなとハリセンを取り出しかける。

それを察知したのかアリー様が止めてくれた。

「はいはい、分かりました。分かったからケイン君から離れてあげて。あなたのためにも」

少し申し訳なさそうな顔をするキャシーさん。

「……ああ、ごめんなさい。つい、ね」

謝るキャシーさんのその後ろでリーサさんが呟くのが聞こえた。

「羨ましい……」

「ちょっと、リーサさん。リーサさんは平気ですよね。我慢できますよね」

「……ダイジョブダイジョブ。ワタシガマンデキル」

俺が尋ねたら、リーサさんは必死でショタコン衝動を抑えている様子だった。

お互いの紹介が終わると、今度は依頼したいデザインの話になる。

「まずはこれね」

アリー様がそう言って、俺が作った男性用のハーフパンツ型水着のサンプルをテーブルの上に置く。

どう見ても、かなりシンプルで地味なデザインだ。

「「地味！」」

同時に声を上げる、シャルルとキャシーのデザイナーの二人。

「ふふっ、でしょ？　ケイン君もそれは認めているわ」

アリー様は意味ありげに俺を見て微笑む。

「男性はいいけど、女性の水着が同じような色で、形まで一緒ってなるのは耐えられないわよね？」

そうシャルルさん、キャシーさんに説明しながらも、横目でチラチラ俺を見てくるアリー様。

水着のデザインがエロ目的なのがバレてる気がするけど、あえて気付かないフリをした。

「まあ、それで新しいデザインのお話になるのですね？」

キャシーさんが確認する。

「そうね、男性用は基本的にこの形だけでもいいけど、女性用のはもう少し種類が欲しいわ」

「女性用とおっしゃいますが、何か女性用水着の基本となるものがあったりするんでしょうか？」

アリー様に言われてキャシーさんがそう質問した。

「それはこれね。『スポブラ』って名前で売られているわ」

アリー様が今度は、俺が以前作ったスポブラを出した。

「失礼しますね」

キャシーさんは手に取ってみて、その生地の伸縮性に驚いた表情を浮かべる。

「ふわぁ、こんなに伸びるんですね」

シャルルさんも興味津々で手に取る。

「ちょっと見せてくれ、ほう」

シャルルさんそう言いながら、感心した様子で眺めていた。

アリー様が続ける。

「それでね、このスポブラに代わるものをあなたたちに考えてほしいのよ」

「なるほどね。これ以外に新しいデザインの下着が欲しいってのか」

シャルルが反応すると、アリー様は少し困った顔で言う。

「私も詳しくは教えてもらえなかったんだけど、ケイン君が『垂れる』って言うのよ。『垂れるのは我慢ならない』ってね。なんのことだか分からないでしょ？」

「『垂れる』？」

同時に首を傾げるシャルルさんとキャシーさん。

もちろんスポブラのホールド力だと胸が垂れるって意味だけど、こんなに女性ばっかに囲まれた状態で説明するのもアレなので、誤魔化そう。

というわけで、話を逸らすために次の話題に移る。

「では、今度は俺が水着の説明をしますね」

「ちょっといいかしら。そもそも『水着』というのは、どういう場所で使うものなの？」

キャシーさんの問いかけに、俺はまず水着が一体何かってとこから説明していく。

「ああ、そこからですね。そうですね、今って暑いですよね。普段暑い時ってどうやって過ごしますか？」

「どうって大きなうちわで扇いだり？　足を水に浸けたり？」

キャシーさんは考えながらそう答えた。

「子供の頃はでどうでした？」

今度はシャルルさんが答える。

「そりゃ、近くの川に飛び込んだりとか、水浴びしたりとか」

「では、なぜ今は水遊びをしないのですか？」

「それはねえ……だって子供の時はいいけど、大人になってからはこの体ですもの。上を脱いで水浴びなんてできないわよ」

キャシーさんはちょっと顔を赤らめて言った。

「ってそうか。そういうことなのね～。すごい！」

この世界は水着は存在しないから、服を着たまま、もしくはマッパで泳ぐしかない。

キャシーさんは大人も水着を着れば水遊びできると気付いた様子で、また俺を抱き締めようとしてくる。

その時、リーサさんが近付いていて、ギリギリで遮ってくれた。

「あ、惜しい……」

がっかりするキャシーさん。

「そう何回も抱きつかれると困るのだが」

「あら、ごめんなさいね。つい、ついなのよ。ふふっ」

笑顔でけん制し合うショタコン二人。

「あのよぉ、こっちにも分かるように説明してもらえないか？」

二人にシャルルさんが割って入る。

「あら、シャル分からなかったの？」

キャシーさんに聞かれて、シャルルさんが頷く。

「ああ、まったく」

「では、具体的にお話ししましょう」

俺はインベントリからウォーターパークの模型を出してテーブルに置き、水着になってキャッキャウフフと楽しめる施設であることを説明した。

話が一段落すると、シャルルさんが頷く。

「なるほど。つまり大人でも水着を着れば、普通の服と違って水をかぶっても透けることがなく、恥ずかしいと思わずに涼めるということだろ？」

「まあ、格好によっては裸より恥ずかしいと思えるかもしれませんが、おおむねその通りです」

口が滑ってエロ願望を口にしてしまったが、キャシーさんはニッコリ微笑む。

「そうね、男の人はこのハーフパンツだけでもいいかもしれないけど、女性としてはもっと着飾りたいわね。いろんな形のものが欲しいわ」

「ご理解いただけて助かります」

「それで、さっきから気にはなっていたんだけど、そこに置いてあるそれは何？」

「これは『足踏みミシン』と『魔導ミシン』と言います。使ってみますか？」

俺が尋ねると、キャシーさんがすぐに興味を示して「ええ」と答え、シャルルさんも「ああ」と同意した。

「では、最初に『足踏みミシン』の説明から。どちらか座ってもらえますか？」

俺が案内すると、キャシーさんが「なら私が」と即座に応じた。

俺はキャシーさんに足踏みミシンの使い方を教え、実際に操作してもらう。

「あら……あらあら……これはすごいわね」

驚きの声を上げるキャシーさん。

シャルルさんも興味津々で見ており、「そんなにすごいのか？　ケインよ。こっちを使ってもいいか？」と魔導ミシンに夢中だ。

「では説明しますね」

俺は魔導ミシンの方は足元のペダルを軽く踏むだけで、縫製が自動で行われると説明した。

今度はシャルルさんが驚きの声を上げる。

「……なんだこれは！　もう手縫いで苦労することはなくなるな」

「そうね、たくさんのお針子から職を取り上げてしまうわね」

ミシンの性能に驚愕してる様子の二人に、俺はつけ加えて説明する。

「いえ、手縫いは決してなくならないと思いますよ。手縫いには手縫いのよさがありますし。それに丁寧さは手縫いの方が上だと思っています」

「ところで、他にも考えがあるんでしょ？　ケイン君には」

アリー様が急に話を持ちかけてくる。

「そうなんです。アリー様、一つ事業を立ち上げませんか？」

それを聞いたアリー様が、目をキラリとさせて言う。

「服飾関係の事業ということかしら？」

「ええ、その通りです。大量のミシンで洋服を生産すれば、平民も好きな服を選ぶことができます」

「……そういうことなのね。ケイン君、本当に私の旦那様以上に魅力的ね。ただ、現状の服は体型に合わせて一点一点すべて手作りされてるの。このままじゃ、採算が取れないわよ？」

アリー様は少し思案した後、そう反論してきた。

「そこはサイズ分けで解決できるんです。成人したら身長があまり変わらないでしょ？　そんな感じで服のサイズをS、M、L、2L、3Lと分ければ大体の方には間に合うかと思います」

「なるほどね。でも、女性の場合は体型以外にもコレがあるのよね。コレにはどう対応するの？」

アリー様がおっぱいを目の前で揺らしながら質問してくる。

「女性の場合には服のサイズにさらに『号数』というサイズを追加して分類することで区別すればいいと思います」

お俺はおっぱいを見つめつつ、バスト、ウエスト、ヒップサイズごとに服の大きさの規格を決める『号数』という考え方を話す。

「ケイン君、ただのおっぱい好きじゃないのね。本当に感心するわ」

アリー様は笑顔になり褒めてくれた。褒めてくれてるんだよね？

その横でリーサさんが呆然としている。

「ケイン、私のサイズはそれでいくと……『3号』になるのか。ここまで数が小さいと悲しくなるな」

「…………」

「何も言ってくれないんだな、ケイン」

俺が貧乳へのコメントに困っていると、アリー様が助け船を出してくれた。

「まあ、それはそれとして。子供服のサイズについてはどう思ってるの？」

「子供の場合は年齢の平均身長を基準にすれば、大体対応できると思います」

俺が答えるとアリー様は頷く。

「理解したわ。事業については考えてみましょう。話を戻して水着についてなんだけど、男性の水着のサイズはS、M、Lでいけるとして、女性の場合の胸はどうするの？　トップスとボトムスが分かれている水着は『号数』じゃ対応できないと思うわよ？」

またアリー様のおっぱいが揺らされるのを目で追いつつ、胸のサイズを『カップ数』で区別する方法について説明する。

アリー様の横で、リーサさんがまた呆然としている。

「ケイン。それでいくと、私はAAカップなんだな……」

そう言って落ち込むリーサさん。貧乳を数値化されるのはヘコむよね。

話を聞いていたシャルルさんが笑いながら言う。

「くくっ。お前いいな、気に入った。ムッツリスケベもここまでくれば大したもんだ。それで、お前が言ってた『垂れる』ってのはどういう意味なんだ？」

「それ、私も気になってたの」

「そうね、私にも聞かせてほしいわ」

シャルルさんに続き、キャシーさん、アリー様も聞いてくる。

うう、蒸し返された。

「……困った。クーパー靭帯（じんたい）の説明しても分かってもらえるのか？」

俺が一人でボソボソ言っていると、シャルルさんがさらに聞いてくる。

「なあ、ぶつくさ独り言言わず教えてくれよ」

「ああもうしょうがない。すみません、アリー様。胸を上下に揺らしてもらってもいいですか？」

「もう、ケイン君ったら。目の前ですればいいの？」

「いえ、その場でいいので、お願いします」

「こうすればいいの？　どう？」

なぜかノリノリで胸を揺らすアリー様。

しばらくアリー様の動きを見つめた後、俺は話を続ける。

「はい、結構です。今、肩から胸のちょっと上の辺りに痛みがなかったですか？」

「そうね、そう言われれば、多少はあったかもね」

「その痛みは胸の中にあるクーパー靭帯という組織が切れているために起こるんです。そしてクーパー靭帯が切れると胸が垂れるんです。胸の大きい人ほどクーパー靭帯が頑張って胸を支えているということです」

「「「えっ？」」」

シャルルさん、キャシーさん、アリー様の驚きの声が重なった。

その時、リーサさんの落ち込んだ声が部屋に響いた。

「痛くない……切なくなるな」

リーサさん、揺らす胸がないから切れる靭帯もないんだね。

しばらくして、ショックから立ち直ったらしきアリー様が俺を見つめて言った。

「垂れるのは分かりました。それで、何か予防する方法はあるの？」

「はい。ただ、あくまでも『予防』です」

俺の言葉を聞き、アリー様が顔をしかめる。

「じゃあ、スポブラでは無理ということ？」

「はい。アリー様クラスの胸になると、ちゃんと胸の重さに対応したものが必要になります」

シャルルさんが自分の胸を指差しながら、話に入ってくる。

「今、オレはサラシを巻いているけど、それじゃダメか」

サラシはサラシで問題があるんだよな。

「それだと胸が圧迫されるので、気分が悪くなったり体調を崩したりする可能性があります」

俺が説明すると、みんなが一斉に言う。

「「「はぁ～、おっぱいに関して知識がすごいな！」」」

褒められてるのか貶されてるのかよく分からないし恥ずかしい。

照れていると、背後からリーサさんの呟きが聞こえてくる。

「……重くない……揺れない……サラシ必要ない……切ない」

どうやらまた自分の貧乳を嘆いているらしい。

毎回のことなので無視して続ける。

「……そこで、新しい下着のデザインをお願いしたいんですよ。スポブラの上から丈夫な紐をつけて、スポブラの胸の部分のホールド力を高めたらどうなると思います？」

みんなの目が輝き、一斉に「「「重さに耐えられて、垂れない！」」」と答えた。

「……私には不要だ」

みんなが騒ぐ中、ボソッとそう言うリーサさん。

リーサさんだけは引き続き落ち込んでるみたいだ。垂れる胸がないからアウェーだよね。

俺はリーサさんをスルーしつつ話を続ける。

「そうです、垂れないです。でも、ただそれだけじゃエロ……きれいじゃないですよね」

シャルルさんがニヤリと笑う。

「それでオレの出番ってことか。くくくっ」

俺は頷きつつ、シャルルさんに提案する。

「それに、下着は水着にも応用できる部分もいろいろあると思うんですよね。それとパンツなんですが、この伸縮性のある布を使えば、もう少しいいものになると思うんです。少なくとも今下着として流通しているカボチャパンツよりはよくなると思います」

俺がスライム樹脂で作った布を出すと、シャルルさんが促してくる。

「くくく、俺たちにデザインさせるとか言ってたが、実はもうお前の頭の中にはある程度のデザインがあるんだろう？　下着も水着もデザインを全部出しちまえよ。もうムッツリなんて今さらだろ」

俺はハァ～と嘆息しつつお願いする。

「……分かりました。でも、引かないでくださいね。では、例えば水着は……」

俺はワンピース型の水着、ウェットスーツ型の長袖長ズボンの水着、そしてビキニ型の水着を絵に描いて説明する。

ふと思ったけど、マイクロビキニは必要ないよな？　そこまでのエロ……露出や刺激を求める人がいるなら、そのうち後世の人が作るだろう。

いやでも、ハイレグくらいのエロ……露出度のものなら、今作ってもいいかな？

提案を終え、俺はみんなの反応を待つ。

「……と、こんな感じですけど、どうですか？」

「ほう」

「へぇ～」

「ふ～ん」

シャルルさん、キャシーさん、アリー様、それぞれの反応が返ってきた。

かなり恥ずかしい。俺が描いた水着のデザインをじっくり見られるのは。

なんか言ってほしいんだけど。何か反応を返してくれないと恥ずかしすぎる。

「もうケイン君に驚くことはないだろうと思っていたけど、まだまだあったわね」

「ええ、本当に。水着ってたくさんの形があるのね。それに泳ぐためのものじゃなく、見せるためだけのものまであるなんて」

アリー様、キャシーさんがコメントしてくる。

「こうやって絵にしてもらうと、下着と水着の境界線ってよく分からないな。だが、どういうデザインが欲しいのかは分かる。こんなことを考えているのなら、カボチャパンツは確かに嫌だよな。くくくっ」

シャルルさんもニヤニヤしながら言った。

「え～と、引かないでくださいね。水着にも下着にもエロ……いえ、女性をきれいに見せるという目的もあります。なので、実用性のみに特化したスポブラが流行(はや)るのは嬉しくないんです。リーサさんにもきれいになってほしいし」

俺が言うと、リーサさんの顔が真っ赤になる。

「ケイン……」

「あらあら、まあまあ。うふふっ、二人ともそこまでよ。私たちがいることを忘れないでね」

アリー様がそう言い、続けてキャシーさんとシャルルさんが言う。

「確かに。リーサさんなら、きれいに着てくれそうよね」

「ああ、悔しくもあるがそれは認める」

「キャシー、シャルル、ありがとう。ちょっとは立ち直れた」

貧乳でへこみっぱなしだったリーサさんは自信を取り戻した様子だ。

俺は再度、デザイン図を指差してみんなに確認する。

「それじゃ、デザインはこんな感じで進めるってことでいいですか？」

「まあ大体は分かったが、これだけじゃないだろ？　まだ出せるだろ？　出しちまいなよ、楽になるぜ」

そしたらシャルルさんが意味深な笑顔で促してきた。

シャルルさんはデザインを出せって言いたいんだろうけど、なんかヤンキーの脅しに聞こえる。

その場で跳んでみせればいいの？　小銭は持ってないからチャリンと音はしないけどね。

プレッシャーをかけてくるシャルルさんにいちおう確認してみる。

「出せって、例えば？」

「例えば……そうだな。オレたちが普段着るような服とかさ。デザインあるんだろ？　出せよ」

俺の肩に腕を回し抱きついてくるシャルルさん。

促されるまま、下着関連で思い出せる数々のデザインを絵に描いて説明していく。

「それだけじゃないでしょ？」

反対側からキャシーさんが腕を回してくるので、下着以外にもワンピース、タイトスカート、ミニスカート、キュロット、フレアスカートなどを描く。

描いた後は『前世で婆さんが好んではいていたな～』なんて思い出しながらどういう服か説明した。

「ほぼスカートね。トップスはないの？」

「う～ん、思いつかないですね」

キャシーさんに聞かれたが、トップスは特に何も覚えてなかった。

そんなこんなで、デザインがひと通り出たところで、キャシーさんが先に出してあったミシンを指差して聞いてくる。

「それでこのミシンは貸してもらえるのかしら？」

「はい、構いません」

「あらあら、まあまあ、うふふ。それで、試作品の水着ができたら見てもらえるのかしら」

今後はアリー様が嬉しそうに微笑みながら尋ねてきた。

「「「えっ？」」」

意外な提案に、俺、キャシーさん、シャルルさん、そしてリーサさんが同時に声を上げた。

アリー様はちょっと楽しそうに目を細める。

「あら、何をびっくりしているの？　水着は下着と違って、見せても平気なんでしょ？」

「「「それはそうだけど……」」」

四人で顔を見合わせ、また同時に反応してしまった。

アリー様は微笑みながら俺を見る。

「最初に着た状態を見せるのはケイン君だけだから、いいでしょ？」

「え？　ああ、はい」

何がどういいのかまったく分からないが、とりあえず頷いておく。

「はい、じゃケイン君。今日はありがとうね」

「はい。あっ」

アリー様にそう言われた時、返事をするのと一緒に、急にあることを思いついた。

「何？　どうしたの？」

「あのですね、アリー様。これは思いつきなんですが。一般的には季節ごとに着る洋服を替えますよね？　ならその時期の手前で、新作の洋服のお披露目を、人前でするのはどうかなと思いまして」

まあ前世でいうファッションショーみたいなものかな。

俺の提案に、アリー様は面白そうな表情を見せる。

「へえ、いいわね。今回でいうなら、水着や下着の新作をお披露目するということかしら？」

俺は頷きながら答える。

「ええ、そうなりますね」

「あらあら、まあまあ、うふふ。今回は間に合わないけど、次はやってみたいわね」

「ええ、楽しそうでしょ？　次はよろしくお願いします」

アリー様が乗り気みたいなので、頼んでおいた。

「いろんな奴にデザインを見てもらうのか～。いいな、うん」

シャルルさんも興味津々な様子でそう呟いていた。

デザインの打ち合わせも終わったので、俺は一つ気になっていたことをキャシーさんに尋ねてみる。

「あの、キャシーさん。どうしても聞きたいことがあるんですけど、いいですか？」

キャシーさんは軽く眉を上げつつ反応する。

「ん？　なあに？　スリーサイズと年齢以外ならなんでも答えるわよ。うふふ」

「猫獣人ということですが、語尾に『にゃ』はつけないんですか？」

俺は素朴な疑問をぶつけた。

キャシーさんは驚いた様子で俺を見つめる。

「な、何を言っているのかな？　ケイン君は」

その場の空気が一瞬固まったかと思うと、シャルルさんが爆笑を始めた。

「くっくくく。は、腹が痛（いて）ぇ。くくく」

「ちょ、ちょっとシャル。な、何を笑っているのかな？」

笑顔だけど、焦っている様子のキャシーさん。

シャルルさんは涙を目元に浮かべながら、俺に言う。

「だ、だってよ。ぷっ、だ、ダメだ。ケ、ケイン、質問が的確すぎる。くっくくく。あ〜、ダメだ。いいか？　言っていいよな？　ダメと言われても言いそうだけど、ごめんな」

キャシーさんがシャルルさんを止めようとするも……

「だめ、シャル！　だめ。ダメにゃ！」

キャシーさんは自分で語尾に『にゃ』をつけてしまった。

「……ぷっくくく、ダメだ……もう耐えきれん。とうとう自分で言ってるし……ぷっ」

それを聞いて笑うシャルルさん。

これで俺の質問の答えが判明したな。

「あ〜、語尾はあるんですね。分かりました。すみません、俺のせいで」

キャシーさんは少し恥ずかしそうにしながら……

「いいにゃ、気にすることないにゃ。はっ忘れて！　いいから忘れて〜」

と、相変わらず語尾が「にゃ」になっていた。

シャルルさんは再び笑い始める。

「ぷっ。分かったと思うけど、キャシーは気を抜くとこうなるんだ。くくく、久しぶりに大笑いした。くくくっ」

俺は笑顔で返事をした。

「では、俺は『にゃ』が聞けて満足なので、これで。行こう、リーサさん」

リーサさんは頷き、「ああ」と答えた。

そして俺とリーサさんは転移ゲートを潜り、ドワーフタウンの工房へ帰る。

「最後にやってくれたわね、ケイン君」

キャシーさんはそう呟きながら、俺たちの後ろ姿を見送っていた。

あっ。ていうかいつもは使えるのを隠してるのに、キャシーさん、シャルルさんの前で転移ゲートを使っちゃったな。

……ま、誓約書はもらってあるからいいか。

工房に戻ると、リーサさん、ガンツさんとミシンの量産についての打ち合わせを始める。

最初は足踏みミシンを発売して市場を確保し、その後に富裕層や服飾屋を相手に、魔導ミシンの販路を拡大していこうということで決定した。

まあ、俺は生産するだけなので、営業や販売は父さんたちに丸投げだけどね。

今日もいろいろあったけど、なんだかんだで楽しかった。

ていうかシャルルさんもそんなようなこと言ってたけど、デザイナー二人は、新しい下着や水着をデザインしてもらうために呼んだのに、結局全部俺がデザインを考えてしまったな。

こんなことばっかだけど、ノリと勢いで行動してるからまあいいや。

水着の試作品発表会、楽しみでしょうがないな～。

そう考えると、思わず顔がにやけてしまった。

11　ウォーターパークを作りました

翌日の朝。

俺はガンツさんとの日課である朝イチのミーティングをしていた。

その場でガンツさんに、船作るとか言ってたけど、ウォーターパークを先に作りたいと話す。

ガンツさんは呆れてハァ～と嘆息している。

「ケイン。お前は相変わらず、思いつきで走りだすよな。まあ、それに付き合っているワシも大概だがな」

「ふふふ、でも楽しそうですよ」

ガンツさんの言葉に、隣で聞いていたアンジェさんが微笑んだ。

「そ、それは分かっている。今が一番楽しいと言ってもいいくらいにはな」

照れた顔になるガンツさん。

「ふ～ん。じゃ、これを上まわる発明とか開発はもうないと思っているの？」

俺がちょっと意地悪で聞いてみると、ガンツさんは少し考えた後で答える。

「う～ん、いやまあ、まだ港も造船所も手つかずだからな。この前、船の話をしてもらったが、それもまだ作らないんだろ」

「うん、ウォーターパークを作って先にこの暑さを楽しみたい！　季節限定だからね」

俺の言葉に、ガンツさんは苦笑する。

「暑いのなら、このクーラーが利いてて涼しい部屋でじっとしていればいいものを。わざわざ濡れてまで遊ぶ必要もないと思うがな」

「い～や、絶対に遊ぶ！　だって楽しいじゃん」

食い下がる俺に、ガンツさんはため息を吐いた。

「まあええわ。ワシには関係ないからの」

「えっ、一緒に遊ばないの？」

そう尋ねると、ガンツさんは困った表情で答えた。

「ケイン、お前なあ……ワシは見ての通りのジジイだぞ。今さら、水遊びで楽しめると思うか？」

「うん」

「はい」

俺とアンジェさんは、『楽しめる』っていう意味で即答した。

「アンジェまで……」と呆れるガンツさん。

「だって、なんだかんだで全部ガンツさんはなんでも付き合って楽しんでいるじゃない。『何を言ってるの？』って感じだよ」

俺がそう言ったら、ガンツさんはまたハァ～とため息を吐きながらも、最後に言った。

「ふん！　まあ、ええわ。それで、もうどういう風にするのかは決めているんだろ？　なら、それを見せてくれ。その必要とする敷地の広さで、他の施設の位置を見直そう」

その後、土魔法で作った模型を出し、ガンツさんにウォーターパークの概要を説明する。

どこにどういうアトラクションを作るかとか、ウォーターパークの敷地がデューク様がくれると言った土地をはみ出してる気がするけどまあいいかとか、入場客のためにバスを作るかとかいろいろ話した。

その後すぐ、ガンツさん、リーサさんと一緒に建設予定地に行く。

そして「えぃっ」で五十メートル×二五メートルの大型プール、流れるプール、ウォータースライダー数種類、子供用の浅いプール、小型の流れがゆるいウォータースライダー、ゴムボートに乗っての急流下りなどのアトラクションを作った。

あと、料金ゲート、事務室、更衣室、シャワールーム、軽食用の食堂などなども「えぃっ」で用意する。

できあがったウォーターパークを見て、リーサさんは呆れた様子だ。

「これまた無節操(むせっそう)に作ったな、ケイン」

俺はにっこりと笑って応えた。

「もう自重はやめたから！　それに、ここはまだ人も少ないしね」

リーサさんが俺を横目で見ながら言う。

「いつかケインを巡って争いが起きそうだな」

うーん、そうなったら大変だな～。心の中でそう思いながら、リーサさんに聞いてみる。

「そうなったら、一緒に逃げてくれるんでしょ？」

リーサさんは軽く笑い、「そうだな。それもいいな、ふふふ」と頷いた。

俺はウォーターパークのアトラクションを眺めつつ、ちょっと考えてしまう。

「さて、作ったはいいけど一人で遊ぶのは寂しすぎるな……」

すると、リーサさんが提案する。

「ケインの兄たちを呼べばいいんじゃないか？　クリスはダメでもサムは喜んで来るだろう」

ああ、サム兄さんなら楽しんでくれそうだね。

「そうだね、呼んでみる」

俺はそう言って早速携帯で兄ズに連絡した。

そしたら二人とも、元気な声で「「喜んで！」」と応じてくれた。

なので、兄ズのいる場所に転移ゲートを繋ぎ、ウォーターパークに来てもらった。

「「なんだこれは！」」

ウォーターパークを見て、二人して驚く兄ズ。

俺は作っておいた水着を兄ズに手渡す。

「とりあえず、あそこでこれに着替えてきて」

そう言って更衣室を指差して案内し、俺も一緒に着替える。

先に着替え終わり、しばらくすると、兄ズが出てくる。

「着替えてきたぞ。アトラクション、どれから試そう」

サム兄さんがわくわくした様子で俺に言ってくる。

だけどふと、あることが気になって尋ねる。

「兄さんたち。俺が呼んどいてなんだけど、泳げるの？」

兄ズは揃って「「泳ぐ？」」と言いながら首を傾げた。

「え？　なんで聞き返すの……つまり、泳げないの？」

さらに尋ねる俺にクリス兄さんが冷静に言う。

「ケイン、よ〜く思い出せ。領都は井戸以外に水がある場所なんてないだろ」

確かに……俺たちの住んでいる場所には川も湖もなく、水遊びをする場所は別になかった。

「あ、そういえば川で遊んだ記憶ってないや」

「「だろ？」」

兄ズが揃って言ってくる。なんでドヤ顔なの。

俺は安全のために、二人を子供用の浅いプールに案内する。

「なら、まずはこの浅いプールで水に慣れる練習して！　お願いだから」

「何必死になってんだ。大丈夫だろ、水だし」

泳げないのに舐めた発言をするサム兄さん。

「サム兄さん、ここはケインの言うこと聞いておこう」

「……クリスがそこまで言うなら、そうするか」

「ありがとう。じゃ行こうか」

クリス兄さんのおかげで、サム兄さんはなんとか練習する気になってくれたみたい。

「これが危険か？」

「まあそう言わずに、うつ伏せになってみてよ」

「こうか……ぷはっ。息ができない……」

軽率にうつ伏せになって軽率に溺(おぼ)れるサム兄さん。

呆れる俺とクリス兄さん。

「『サム兄さん……』」

「二人ともその目はやめてくれ。知ってるさ、水の中じゃ息ができないことくらい……ホントだぞ」

サム兄さんのアホな発言はスルーして、とにかく練習するよう諭(さと)す。

「ね、サム兄さん。水の中では息ができないんだよ。怖いんだよ。分かってくれた？　水に慣れる練習してね」

「……ああ、分かった。でも、この浅いプールじゃ何もできないぞ」

「じゃあ、あそこの大きめのプールに移ろうか」

というわけで、兄ズと一緒に移動する。そして、水泳の基本を教えることに。

俺は溺れた時の対処の仕方、バタ足や泳ぎ方を教えた。二人とも教えるとすぐにできてしまい、兄ズが嫌いになりそう。

「よし、これで分かった。じゃ、次はアレを試すな」

しばらくすると、サム兄さんがウォータースライダーの中でも急勾配(きゅうこうばい)な上級者コースへ向かっていった。

「「サム兄さん……」」

無謀(むぼう)なサム兄さんに二人で呆れつつ、俺はクリス兄さんとはゆる～くプールサイドでお喋りを楽しんだ。

こうして一日遊びつくし、日が暮れてきた頃、サム兄さんに「「兄さ～ん、帰るよ～」」と声を掛ける。

「分かった。これが最後な。ひゃっほ～」

サム兄さんはまだ元気にウォータースライダーで遊んでいる。

「……え？　もしかしてサム兄さんずっとあそこにいたの？」

「多分そうだね。らしいといえばらしいけどね」

サム兄さんの体力がすごすぎて、またクリス兄さんと二人で呆れてしまった。

その後、サム兄さんがようやくスライダーから戻ってきたので、みんなでシャワーを浴びて着替えた後、兄ズを自宅まで転移ゲートで送る。

俺も帰ろうとしたら、服の裾を引かれた。

そっちを見るとリーサさんがいて、泣きそうな顔をしていた。

しまった……楽しすぎてリーサさんの存在を忘れてたよ。

「あのリーサさん、ごめんね？」

俺が謝ったら、涙目でリーサさんが言う。

「ケイン、放っとかれるのは寂しいぞ……」

「今度はリーサさんも一緒に遊べるように水着を用意してもらうから。ね？」

そうやって埋め合わせを約束すると、リーサさんはちょっとだけ微笑み返してくれる。

「ああ、約束だぞ。ケイン」

その時、突然の声が聞こえた。

「ケインよ、またすごいものを。ほどほどにと言ったのに、様子を見に来たらこれだ」

振り返るとガンツさんと、その隣にはアンジェさんが立っていた。

アンジェさんはウォーターパークのアトラクションを眺めて言う。

「あなた。なんだか楽しそうよ。私たちも水着ができたら来ましょうよ」

ガンツさんは顔を赤くして照れていた。

「……アンジェ、水着を着るんだな」

「そりゃ着ますよ。なら、裸で泳げと言うの？　いくら私の歳でもそれはイヤよ」

ガンツさんがたじろいで、「……い、いやそうじゃなくてだな。お前が水着になるのがちょっと……」と返す。

アンジェさんは少し困った顔で「ダメなの？」と尋ねた。

「……いや」

ガンツさんが照れた感じで答える。

なんだ、結局着てほしいんじゃん。

そんなことをやってる横で、突然、リーサさんの不機嫌そうな声が響いた。

「ケイン、私は寂しかったのだぞ。それなのにまたガンツとイチャイチャと～」

いやいや、普通に話してただけでしょ。イチャイチャなんてしてないって。

「ごめん、リーサさん」

そう思いながらも、いちおう謝ると、ガンツさんがニヤニヤしている。

「ふっ、ケインの方もやらかしたみたいだの」

頭を掻きながら「……うん、まあ」と答える。

「「イチャイチャしない！」」

「「ハイッ！」」

ガンツさんとそんなやりとりをしてると、リーサさんとアンジェさんに同時に怒られ、俺とガンツさんは大きく返事をしたのだった。

拗ねるリーサさんをなんとかなだめてから家に帰ったら、兄ズから話しかけられる。

話の内容は「次はいつウォーターパークに誘ってくれるのか？」というもの。

「今はまだオープンしてないから。水着の生産が始まるのを待ってるから、オープンできるのは早くても一週間後だよ」

そう告げたら「「待てない！」」と不満そうに言われた。

なのでウォーターパークの宣伝を兼ねて、オープン前だけど特別に開園させることにする。

男性用のハーフパンツ型水着をいくつか用意するから、魔導列車で行けばいいよと兄ズには伝えた。

そしたらクリス兄さんは「連れていってはくれないんだ」とまだ不満げだった。

いや、自分で行けるでしょ？

宣伝なので、『今なら無料で一日中遊び放題！』って感じにしようかな。

そう言ったらサム兄さんが目を輝かせた。

男友達を連れて、早速明日行くらしい。

「ただし、ちゃんと最初に泳ぎを教えてからね。そこだけはお願い」

俺がお願いすると、サム兄さんは頷いて「おう！」と元気よく言っていた。

本当に大丈夫か？　若干不安なんだけど。

その後すぐ、母さんの声が聞こえてきた。

「話は終わったの？　なら、ケインはさっさと手洗いうがいを済ませてきなさい。ご飯にするわよ」

そう促され、俺と兄ズは一斉に「「「は～い」」」と返事をしたのだった。

夕食を済ませて風呂から出て、ふと思う。

なんで俺はまだTシャツを作ってないんだろう。

考えてみれば、着心地のためにボクサーパンツを作ったのに、なぜかTシャツは作っていなかったな～。

今部屋着として着ているのは、ゴワゴワとした生地を縫い合わせて、首と腕の部分をくり抜いただけの服だ。

今さらだけど、着心地の悪さがやばい。急に不満が高まってきた。

というわけで、「ないなら作る！」って決意。

生地を用意して、Tシャツの形に切り抜き、襟部分がよれないように「えぃっ」と加工する。

「よしできた」

一瞬でTシャツが完成する。

早速着てみると、柔らかくて着心地がよかったので、満足してぐっすり眠れた。

◇◇◇

翌朝。

起きてみんなに「おはよう」と挨拶すると、父さんがすぐに俺をじっと見る。

その後、クリス兄さん、サム兄さん、そして最後に朝食の配膳を終えた母さんが、俺を見て聞く。

「「「ケイン、それは何？」」」

みんなTシャツが気になるみたいだ。

「これのこと？」

そう尋ねると、みんながコクコクと頷いていた。

「これはね、ボクサーパンツと同じ生地で作ってみたんだ」

自慢げに答えると、母さんが「あ～、その手があったわね」と感心してくれる。

父さんと兄ズは早速「「「くれ！」」」と騒ぎだした。

「生地とかは渡すから、母さんに頼んでね～」

俺は自分で作るのが面倒なので、母さんに丸投げした。

「「「ズルイ！」」」

何がズルイのかよく分からないけど、すぐに欲しいらしく騒ぐ父さんと兄ズ。

「母さんに任せなさい！　ちゃんと用意してあげるから」

母さんがそう宣言すると、父さんと兄ズが一斉に頭を下げる。

「「「お願いします」」」

……とりあえず丸投げしとけばいいかな。

「あ、そうだ。母さんに縫製用の魔道具を渡さ……」

「いつ？」

ミシンの話をしようとしたら、喋ってる途中で母さんが言ってきた。

食いつきが早いよ、母さん。

「今、量産しようとしているから、できたら持ってくるね」

「分かったわ、楽しみにしてるわね。じゃあ、みんな朝食食べちゃって」

「「「は～い」」」

その後朝食を済ませて、兄ズに水着を数枚渡す。

「足りない！」とギャーギャー文句を言われた。いいよね。兄ズは、友達が多くて！

「抽選でお願いします」

追加で作るのはそう言ってお断りし、なんとか納得してもらった。

それから転移ゲートでドワーフタウンの工房に移動し、ガンツさんと向かい合って朝イチのミーティングを始める。

足踏みミシンと魔導ミシンの量産についてできそうか聞いてみると、ガンツさんは考えることなく即答してくる。

「問題ないぞ」

「え？　俺から聞いておいてなんだけど、なんでできるの？　前、人手が足りないとか言ってなかった？」

ガンツさんはニヤリと笑う。

「ケイン、気付いてなかったか？　最近、ウチの里だけじゃなく、あちこちからドワーフがこのドワーフタウンに移り住んで増えていてな」

「へえ〜、全然気付かなかった」

ガンツさんは頷きながら「最近、ガンボを見ないだろ？」と続ける。

「そう言われてみれば……まさか、その対応でいないの？」

「ああ、そうだ。ワシがドワーフタウンの町長とするなら、あいつは副町長だな」

俺は気になって聞いてみる。

「住むところはどうしてるの？　俺が作った集合住宅だけで足りるの？」

「ワシらはドワーフだぞ？　一度見るなり体験するなりすれば、大抵のことはできる。さすがに集合住宅みたいなものはできんが、普通の一軒家ならすぐに作れるさ」

ガンツさんは得意げに答えた。

「なるほどね～」

俺が納得してると、ガンツさんが俺の肩を叩いてくる。

「もうすぐ行政関連の施設が必要になると思うぞ。その時はよろしくな」

「いいよ。任せて、町長」

そんな話をしていたら、携帯にアリー様から着信が入った。

『アリー様、どうしました？』

『ケイン君！　水着の試作品ができたわよ！　今から来れる？』

ついに!?　俺は興奮が抑えられずハァハァしてしまった。

「行きます！　すぐ行きます！　じゃ、ガンツさんまた後で」

ガンツさんに頭を下げると、リーサさんの方を向いて「リーサさん、行くよ」と声を掛ける。

即座に転移ゲートをアリー様のもとに繋ぎ、急いで潜った。

デューク様のお屋敷のアリー様の部屋に着いたら、アリー様がニマニマしながら待っていた。

「あらあら、まあまあ、うふふ。ケイン君、そんなに早く見たかったのかしら？」

「はっ。すみません、いきなり」

頭を掻きながらモジモジしていると……

「ケイン君も男の子ってことよね。うふふ」

アリー様は相変わらず、まんざらでもなさそうな様子だった。

「ケイン君、あのミシンはすごいわ！　なんでもすぐ思い通りの形にできるなんて、本当にすごいわ」

その場にいたキャシーさんが嬉しそうに言う。

そしたらキャシーさんの肩を、シャルルさんが叩く。

「ほら、いいから。ケインが楽しみに来たってのにいつまで待たせているんだ。さっさと見せてやろうぜ」

「そ、そうだったわね。ケイン君、ちょっと待っててね」

キャシーさんはそう言って、隣の部屋に向かいながら「リーサさんもこちらへ」と声を掛けた。

「私もか？」

驚きの表情を浮かべるリーサさん。

シャルルさんがニヤリと笑いながら言う。

「そりゃそうだ、当たり前だろ。そこの奴がリーサの水着姿を一番楽しみにしているんだから。なあ？」

シャルルさんにウインクされ、頭の中を読まれたような気持ちになり、顔が真っ赤になる。

「今さら照れるかよ。本当面白えな、ケイン。くくくっ」

俺をからかいながらシャルルさんが笑った。

そしてアリー様、キャシーさん、シャルルさん、リーサさんは「着替えてくる」と言って、隣の部屋に向かって消えていく。

気がつけば部屋には俺一人。

「あれ、もしかしてアリー様も水着で出てくるとか？　まさかね……」

そんな独り言を言いながら、期待しつつみんなを待つ。

ムラムラしながら待機していると、数分後にキャシーさんが、隣の部屋のドアの隙間から顔を出してこちらを見る。

「心の準備はいい？　ケイン君」

「準備？」

俺は首を傾げて聞き返す。

「何やってんだキャシー、さっさと行ってくれ」

シャルルさんの不機嫌そうな声が聞こえた。

同時にドアが全開になり、四人が現れる。

赤いビキニのキャシーさん、黒いハイウエストのビキニのシャルルさん、ハイレグワンピースのアリー様、お腹の部分が開いたワンピースのリーサさんが目の前に立っていた。

「うわぁ……」

興奮で思わず声が出る俺。

「あらあら、まあまあ、うふふ。ケイン君、私たちに何も言ってくれないの？」

「くくっ。ケインは言葉にできないみたいだぜ。どうするリーサさんよぉ？」

アリー様が楽しそうに問いかけると、シャルルさんがからかうように笑う。

「ケイン、見てくれているのだろうか？」

「私としては成功だと思うんですけどね？」

リーサさんとキャシーさんがそう言ったところで、俺は興奮しすぎてフリーズしていたことに気付いた。

「……はっ、俺は今何を？」

「お、やっと動きだした。どうだい、自分の妄想が形になった感想は？」

シャルルさんが挑発するように問いかけてくる。

「いいです！　すっごくいい！　もう誰にも見せたくないくらい！」

思わず本音が漏れてしまう俺。

「あらあら、まあまあ、うふふ。嬉しいけどそれは賛成できないわね。泳ぐための水着ですもの」

アリー様が口に手を当てて微笑みながら言う。

「そうだぜ、なんなら今からでもウォーターパークへ泳ぎに行きたいくらいだ」

「そうですね、行きましょう！　今すぐに」

シャルルさんが乗り気なので、早速ゲートを開こうとする俺。

それをリーサさんが手を差し出して制止する。

「ケイン、落ち着くんだ。いいか、まずは深呼吸だ、はい吸って吐いて～、吸って吐いて～。どう？」

「リーサさん、ありがとう。ちょっと落ち着いた」

「今頃はサムたちがウォーターパークに行ってるだろう。なら私たちが水着で行けばパニックになるかもしれないぞ」

リーサさんが、いつもショタコン性癖で暴走しているとは思えない冷静な分析をする。

「はっ、そうだった」

女性の水着姿とかこの異世界初だから、刺激が強すぎるよね。

「キャシーさん。余分に作った水着はあります？　もしあればここのメイドさん用にいくつか用意できますか？　それから、デューク様のご家族用にも」

「それはすぐに用意できるけど、なんで？」

俺が提案すると、キャシーさんが理由を尋ねた。

「実はウォーターパークはもう完成しているんで、泳ぐことはできます。ただ、みなさんが人前にその格好で出るのは、慣れてはいないため恥ずかしいと感じるでしょう。それを紛らわすために多くの人に水着になってもらうんです。あとリーサさんが言った通り刺激が強すぎて男性がパニックになる可能性もあるので」

俺はそう詳しく説明する。

「確かにこの四人だけなら目立つが、メイドたちにも水着になってもらえば多少は人目が散らばるってことだな」

シャルルさんが頷く。

「ええ、なのでなるべく多くの方にお願いします」

「「分かった（わ）」」

俺がお願いすると、二人が同時に答えた。

「アリー様はデューク様たちに説得というか、説明をお願いします」

俺が頼むと「あらあら、まあまあ、うふふ分かったわ」とアリー様が快諾する。

しかしそのまま部屋を出ようとしたので、俺はアリー様を俺は急いで止める。

「着替えてからでお願いします！」

そう言って引き留めたんだけど、「面倒くさい」と断られてしまった。

なので仕方なく、水着の上から羽織(はお)るガウンを用意し、他の人たちにも着てもらう。

ガウンを着たアリー様が部屋を出ると、お屋敷内は大変な騒ぎになっていた。

そして、十数分後。

アリー様がデューク様を説得しに行ったが、なぜかというか当然というか、デューク様の執務室まで呼び出された。

あ～、そりゃそうだよな～。ほぼ裸だもんな～。

メイドさんに案内されている間、頭の中ではデューク様への言い訳でいっぱいだった。けど納得させることができそうな言い訳が思いつくわけもなく、とうとう部屋の前まで来てしまう。

メイドさんがドアをノックして、俺を案内してきたことを告げる。

デューク様が「入れ」と言ったので、深呼吸して中へ入る。

「ケインよ、何か言うことがあるだろう？」

デューク様は俺を真っ直ぐに見つめてきた。

「大変素晴らしゅうございました」

真剣に感想を伝える俺。

「うん、だろうな。俺もそう思った。って違うわ！　はぁ、言い直そう。何か言い残したいことはないか？」

「そりゃいっぱいありますよ。やっと今から開業間近のウォーターパークで、水しぶきを浴びたエロ……きれいな人たちを愛でることができるっていうのに。何が悲しくておじさんに文句を言われなきゃいけないのかと」

俺は自分がエロ目的で水着のデザインを描いたこととか、アリー様の胸を揺らしてクーパー靭帯の説明したこととかをすべて棚に上げてデューク様を責める。

「それは遺言(ゆいごん)と受け取っていいんだな」

デューク様も負けじと冷ややかに言った。

「あなた、お待ちなさい」

急にその場にいたアリー様が口を挟んできた。

「ア、アリーよ。そうは言うがな、お前のその格好の原因はこいつだろ。なら……」

「はい、そこまで！」

アリー様がデューク様の言葉を遮った。

「……止めるなよ」

「別にケイン君が、着るようにって私たちに強要したわけじゃないのよ。そこはいいわね？」

「そ、そうなのか？」

アリー様がそう断ると、デューク様が疑わしげに聞いてきた。

「はい。水着の提案はしましたが、試着までは勧めてません」

俺はキリッとして言う。だって本当だし。アリー様が言いだしたんだし。

アリー様も俺に続いた。

「そう、試着は私が言いだしたの。だから、ケイン君への叱責(しっせき)はここまでよ。逆に私たちのために恥ずかしくならないようにいろいろと考えてくれたのよ。本当にもう、ケイン君に謝ってください」

しかし、俺はエロ目的なのに、なんでここまで弁護してくれるんだろう、アリー様……

アリー様に促されて、渋々デューク様が俺に頭を下げる。

「す、すまんケイン」

「はい、分かりました。それでアリー様、ウォーターパークへのお出かけはどうなりました？」

「あ、それなんだけど、日を改めて明日にどうかなと思うんだけど。だめ？」

アリー様に確認される。つまり余計な兄ズの友達とか抜きで水着を見られるってことだよね、ヒャッホ～。

「いいえ、それならば必要な人払いもできるので、願ってもないことです」

俺はムラムラを抑えて冷静に言う。

「よかった、なら明日十時からウォーターパークで水着をお披露目しましょう。ケイン君、事前にここまで迎えに来てもらっても構わないかしら」

「……分かりました」

アリー様に言われて頷いた。

本当は今すぐ水着の女性を愛でたいし、迎えはめんどくさいけど、明日思う存分水着を堪能できるならいいか。

「話は終わりだ。戻っていいぞ」

デューク様がなんか腑に落ちないような様子で伝えてくるけど、気付かないふりをする。

「はい、失礼します」

そう言いながら、俺は部屋を出た。

部屋に戻ると、キャシーさん、シャルルさん、リーサさんはすでに水着から普段着に着替えを済ませていた。

「水着のお披露目は、明日十時になりました」

「そうなのね」

そう報告すると、キャシーさんがちょっとがっかりしていた。

「オレは今からでもいいんだけどな」

シャルルさんも若干不機嫌そうに言う。

そういえば、恥ずかしくないような工夫、もう少しできるかもな。

俺はそう思い、キャシーさんに提案する。

「キャシーさん、ちょっといいですか」

キャシーさんは興味津々に「あら、何かしら?」と聞いてくる。

「水着で恥ずかしいと思うのは、足が露(あら)わになからというのもありますよね？　それならば、こう布を巻きつければ多少は恥ずかしさも紛(まぎ)れるのではと思って」

「あら、それは素敵ね。ありがとう、後で合わせてみるわね」

俺がパレオを提案すると、キャシーさんはそのデザインは思いついてなかったみたいで喜んでいた。

リーサさんを見ると、水着になったことがまだ恥ずかしいのか顔が少しだけ赤い。

「帰ろうか、リーサさん」

「ああ」

そうリーサさんに声を掛けて帰りかけた瞬間、いきなりシャルルさんが言ってくる。

「ちょっと待て！　ケイン、そのシャツを見せてくれるか」

「へ？　これですか？」

「ああ、それだ。ちょっといいか」

「ま、待って、脱がさないで！」

制止するが、無理矢理Tシャツを脱がされてしまった。

「スマンな、だがなんだこのシャツは」

しげしげとTシャツを観察するシャルルさん。

「これはスポブラと同じ素材で作ったTシャツというものですよ。吸水性と速乾性(そっかんせい)があり、汗をかいてもすぐに乾くから、着心地がいいんですよ。もうすぐ父の店で売り出す予定です」

「そうか、オレも作っていいかな？」

俺の発明を見てはすべてに興味を示してくるシャルルさん。なんかガンツさんみたいだな。

「構わないと思いますよ。父の店では無地一色になると思うので、シャルルさんはシャツに絵をつけるなり、刺繍を加えるなりして、デザインで付加価値をつければいいんじゃないですか？」

「シャツに絵を描くか。そうか、そうだな。染められるのなら絵も描けるよな。うんうん、いい。ありがとうな、ケイン」

なんかシャルルさんがアイディアを得られたようなので、今度こそ帰ろうとする。

「いえ、こちらこそ。じゃ」

「って帰るなよ。そこまで言って後はご自由にって言われてもな。オレにはデザインはできてもその先の知恵は出ないんだって。分かるだろ？」

そう言ってシャルルさんが迫ってくる。

うわ～、また俺が何か作るハメになるのか～。この興味を持ったらトコトンな面倒な感じ、本当にガンツさんみたいだよ。

「分かりましたよ。Tシャツに絵とか模様をプリントをするそれなりの方法を考えろってことでしょ」

「おう、頼んだぜ。なるべく簡単にな」

「はあ、なるべくですね」

「おう、よろしくな。ちゃんと礼はするからよ。楽しみにしてな」

「本当ですね？　嘘はダメですよ」

「ああ、任せな。必ず気に入るはずだ」

意味ありげにウインクしてくるシャルルさん。なんかムフフなことがあるのかと期待してしまう。

「では、くれぐれもよろしくお願いしますね」

「おう、任せとけ」

俺がお礼への期待で深々と頭を下げると、リーサさんに突っ込まれる。

「ケイン、いつの間にか逆転しているようだが？」

「な、なんでもないから、気のせいだから」


なんとかリーサさんを誤魔化し、転移ゲートでドワーフタウンへ移動する。

「知らないうちにいろいろな話が決まっていく感覚が拭えないな。いつかは慣れるのだろうか」

なんか知らないけど、唐突にリーサさんがそう呟いた。

俺もなんか知らないうちにどんどん物事が大きくなっていく気はしてるので、苦笑しながら言う。

「ごめん、俺もそれについては何も言えない。ただ流されているだけだからね」

「だが、その流れを作っているのはケインじゃないのか？」

「俺もそう思っていたけど、自分でこうなるのかな～と思っていたところに他の人の考えが入ってきて、まったく違う方向に話が進んでいくからね。制御することはできないよ」

「ふぅ～、それもそうか。なら流れを楽しむのも一つか」

諦めた様子のリーサさん。

「ふふふ、リーサさんも流されるのが楽しくなってきた？」

俺がニヤリとしながら質問すると、リーサさんも目を細める。

「ああ、流れに抗いたくもなるが、下手に抗うよりも流された先にあるものを楽しむことが面白く感じられるようにはなったとは思う」

「ふふふ、リーサさんも慣れてきたんだね。歓迎しましょう」

「お手柔らかにな」

俺たちはそんなことを言いつつ笑い合った。

その後、お昼過ぎにドワーフタウンの工房へ向かった。

さて、シャルルさんにお願いされたシャツへのプリントをどうしようかな～。

まず思いついたのは、ガリ版印刷みたいにしてプリントすること。でも単色ならいいけど、プリントは無理だよな。

いろいろ考えて、浮世絵みたいに塗る色ごとに絵を枠の形にくりぬいて、その上から刷毛(はけ)で色をつけていく感じにしようと決定した。

ある程度の手順を決めたところで、ふと疑問に思いリーサさんに聞いてみる。

「あのさ、この世界に印刷技術ってあるのかな？」

リーサさんが首を傾げる。

「『印刷』？　なんだそれは」

「あ〜、やっぱり、そこからか〜。これは出していいのかな。悩むとこだな〜」

「何を考えているんだ？」

俺の反応を見て、不思議そうにするリーサさん。

「実はね……カクカクシカジカ……で、どうしたもんかなと」

リーサさんに印刷技術がオーバーテクノロジーであることを簡単に説明し、このまま世に出していいのかを確認した。

「今さらだろう」

リーサさんからもっともなお言葉をいただいた。まあ、活版印刷じゃないしいいか。

染料は向こうで用意してもらうことにして、ローラータイプの刷毛と、プリント用の台、絵の枠があればできるな。

今回は魔法ではなく、日曜大工レベルの木工でプリント用の台を完成させる。

それから着色用のローラーを、スライム樹脂をスポンジに加工することで作り、ステンレス棒をいい具合に折り曲げてローラーと接続する。

試しにと印刷台の上でローラーを転がすと、いい感じに回るのを確認できた。

でもこれだけでは物足りない。特に意味はないけど、せっかく作ったんだから何か魔道具も組み込みたいよな〜。

そこで俺は床に置いて使うことを想定した送風機を「えぃっ」と作り、温風を送れるようにした。

よし、これでプリントした後のTシャツを乾かせるな。

あれ？　そういえばこの『温風』で思い出したけど、ドライヤーを作っていなかったんじゃないか？

記憶を辿るが、風呂を作ってからでいいかと放置していたことを思い出す。

……と思ったけど、そういえば前に作ってたし完成済みだったな。あったことをすぐに思い出せない前世の老化現象がここでも出てしまったらしい。

「えぃっ」でドライヤーをいくつか作ると「それじゃ行こうか」とリーサさんに声を掛けた。

まずは転移ゲートでウォーターパークに移動する。そしてドライヤーが必要であろうプールの更衣室に、ドライヤーを三つほど置く。

その後はデューク様のお屋敷に行き、早速シャルルさんにTシャツのプリントをやってもらうことにした。

転移ゲートで移動してから、玄関のノッカーを鳴らす。メイドさんが出てきたので用件を伝えると、シャルルさんの部屋まで案内してもらう。

部屋の前でドアをノックするとシャルルさんが出てきた。

「Tシャツに印刷する道具を持ってきました」

「おお。じゃ、持ってきたものを見せてもらえるか」

「これなんですけど」

印刷用の道具をテーブルに並べる。

「これはどうやればいいんだ？」

「染料をこのトレーに入れて、このローラーに染み込ませた後に、この台で挟んだシャツに版を合わせて刷るんです。染料とかここにあります？」

「ちょっと待ってな。よっと、これだな」

シャルルさんが持ってきた染料を見せてもらい、柄杓(ひしゃく)ですくってみる。

う〜ん、ちょっとサラサラしすぎているかな。これだと布に染み込まない気がする。

「もう少しベタついてるやつがいいんですが」

「今はこれしかないぞ」

「困ったな。あ！　じゃあ、単純に染め物にすればいいか」

確か、色をつけない箇所に糊(のり)を塗って染めるんだよね。

というわけで糊を用意してもらい、Tシャツに糊を刷毛で塗る。

その後にいったんドライヤーで乾かし、状態を見る。

シャルルさんが不思議そうに覗き込んでくる。

「なあ、何してんだ？　いきなりシャツに糊を塗ったりして。何をしているのか説明してもらえないと分からないぞ」

「ちょっと待っててね。よし、このくらい乾けばいいかな。はい、染めて」

「いや、いきなりだな。それに説明しろよ」

「……っとこのくらいか」

シャツに染料が浸(し)み込んだのを確認した後、染料の中から出して、軽く絞る。

ブツクサ言いつつも、Tシャツを染料の中に浸けていくシャルルさん。

「んじゃ、これを乾かしてから、水洗いすればできあがりかな」

俺がそう言うと、またシャルルさんが文句を言ってくる。

「またチマチマと乾かすのか、面倒だな」

「そんなこともあろうかと、作っておいたんだよね」

俺はインベントリから大型の送風機を出して、Tシャツを乾かしていく。

「おお、いい感じで乾いていく。いいぞ～、ケイン」

「大体乾いたか。で、またこれを濡らすと……」

今度は乾いたTシャツをバケツの中で水洗いし、絞って広げる。

すると糊を塗った部分は、狙い通り色がついていない。

「本当はプリントする絵柄の方に色をつけたいんだけど、今は絵柄を白抜きするので精一杯かな～。あとは染料がシャツの生地に滲まなくなると、もっといいんだけどね～」

そんなことを言いつつ、シャルルさんと一緒に完成したTシャツを眺める。

シャルルさんは俺の技術に感心した様子だ。

「大体分かった。ありがとな、ケイン。染料はこっちでどうにかしよう。滲まなくすればいいんだよな。で、この染め方についてはオレが自由に使わせてもらってもいいか？」

「俺はいいけど、同じ方法をもうどっかで使っているんじゃないの？」

「……そうだな、その辺も調べてみるか。まあいい、とりあえず助かった。ありがとうな」

「いえいえ。じゃあ、お礼の方、よろしくお願いしますね！」

「ああ、任せとけ！」

勢いよくお願いすると、シャルルさんが肩に手を回して抱きついてきた。

「くっつきすぎだ。ケイン、シャル！」

リーサさんがムッとしながら、俺たちを引き離す。ちぇ～。

「あ、ついでにこのドライヤーもいくつか置いていくから、キャシーさんや領主様ご家族に渡してくださいね」

「ああ、分かった。じゃあな」

「はい、じゃあまた」

シャルルさんにお願いして挨拶を交わした後、リーサさんと一緒に転移ゲートでドワーフタウンの工房へ戻った。

12　楽園はそこにありました

シャルルさんのお礼を楽しみにしつつ工房へと戻り、明日のウォーターパークのお披露目について考える。

「まず、兄ズがまたウォーターパークに行こうとするだろうから、止めないとな、青少年にあの刺激はマズい」

あとは何が必要かな～。

『何かが足りない』と俺の本能が語りかけてくるんだ。

「そうだ！　『キャッキャウフフ』となるための要素が足りないんだ！」

まずはくつろぐためのビーチチェア、テーブルが必要だな。

それとビーチボール、イルカやシャチの浮き輪に、普通の浮き輪に、マットタイプのフロートも用意しとこう。

「ケイン、またいろいろと作ったな」

「楽しみでたくさん作っちゃったよ～」

リーサさんとそんな会話をしながら、インベントリの中に作ったものを片付け、リーサさんと別れて、転移ゲートで家に帰る。

「ただいま～」

家に入った途端に、兄ズがやって来た。

「「ケイン！」」

「何、どうしたの？　兄さんたち」

「「聞いてくれるか？」」

「まあ落ち着いて、一人ずつでお願いね。じゃサム兄さんから」

「じゃ、俺から話すな。今日、仲間を誘ってウォーターパークに行ったんだ」

「え、何が困るの？」

「そいつらの彼女と、俺の彼女が文句を言うんだよ」

ん？　聞き間違いかな？　今、『彼女』とかいう単語が聞こえたような……

「ちょっと待って、サム兄さん。聞き間違いかもしれないけど、今『彼女』って言った？」

「ああ、そう言った。それは今は問題じゃない。それで……」

「いや、問題だよ！」

思わず大きな声を出してしまった。

「……へ？」

キョトンとするサム兄さん。

「だって、ってことはサム兄さんに、彼女ができたってことでしょ？　そりゃ驚くでしょ！」

「どういう意味だよ、ケイン……それに、クリスにもいるぞ」

ふてくされているサム兄さんが言ってきた。

「えっ？　そう。まあ、クリス兄さんなら当然いるよね」

「ありがとケイン」

「ケイン、俺の扱いがひどくないか？」

微笑むクリス兄さんと、さらにふてくされるサム兄さん。

「だって、サム兄さんだもん……ちゃんと性別は確かめたんだよね？」

「ああ、それはもうちゃんとたっぷり……って何言わせんだ！」

「ふ～ん、確かめたんだ。へぇ～」

サム兄さん、やることやってんだと思いジロジロ見てしまう。

「な、なんだよケイン。言っとくが俺は、『まだ』だからな、勘違いするなよ。それにお前だってあんなきれいなリーサさんと一緒じゃねえか。俺のことは言えないだろ」

サム兄さんが俺にいちゃもんをつけてくる。

「だって……だもん」

「「え？」」

「俺はまだ、『ナニ』は無理だもん！　だから、ず～っと生殺しだよ」

「「ぷっははは」」

下ネタで爆笑する兄ズ。

「ひどいよ、兄さんたち」

「まあまあ、笑ったのは悪かった。ごめんな、ヘタレだもんな」

ヘタレじゃなくて倫理的にヤバイだけなんだけど、反応するのが面倒なので無視。

「で、結局なんなの？　何が困ってんの？」

「話が逸れたが、彼女たちが俺たちに『自分たちだけ泳いでズルい』って言うんだよ。ほら、今男用の水着しかないだろ？　そこでケイン、頼む！　彼女用の水着も作ってくれ！」

「それ！　僕も一緒。ケインどうかな？」

「ハァ～。ごめん、無理だよ」

兄ズが頼ってくるけど、即お断わりする。

「『え～、なんでだ！』」

不満げにする兄ズに、俺が水着のお姉さんたちを愛でたいということは隠しつつ、説明する。

「女性用の水着は試作中なの！　明日、領主様とそのご家族に試作品を着てもらって、ウォーターパークで遊んでもらう予定だから、流通させるのはそれからだよ。あと、明日はウォーターパークには入れないからね。よろしく」

「『聞いてない！』」と同時に抗議する兄ズ。

「今言ったし。それが終わったら女性用水着の販売についてもはっきり決まるから、もう少しの間は彼女さんたちのご機嫌取り頑張ってね～」

冷たく言う俺に、情けない顔をする兄ズ。

「『そんな～、無理だって』」

「ウォーターパーク以外のところに遊びに行けばいいでしょ？」

「『暑いんだから無理！』」

ハァ～、兄なのに文句ばっか言って。そもそも、兄ズは父さんの商店で働いてるんじゃないの？

「てか、兄さんたち仕事は？」

「『夏休みにしてもらった！』」

……それでいいのか、ウチの経営陣よ。

「とにかく明日は無理だからね！」

「『……なんとかならない？』」

「考えてはみるけど、期待しないでね」

「『ああ、分かった』」

そんなことを話していると、台所から出てきた母さんに言われる。

「はい、話は終わったの？　晩ご飯にするから、ケインは手洗いうがいね」

俺たちは一斉に「『は〜い』」と返事をした。

翌朝、ガンツさんとの朝イチのミーティングでこれからウォーターパークと水着のお披露目をすることを話す。

「また大事（おおごと）にしやがって、本当にお前は大人しくできないんだな」

ハァ〜と嘆息し、ガンツさんは呆れた様子だ。

「みんながいろいろ頼んでくるせいもあるから、俺だけに言われてもとは思うけどね」

「いや、ウォーターパークと水着についてはケイン主導だろう」

「……そうだっけ？」

「ったく、まあいい。話は分かった。そろそろ時間じゃないのか？　分かってはいるだろうが、これ以上大事（おおごと）にはしてくれるなよ。いいな？」

「……努力します。ていうか、ガンツさんは来ないの？」

そういえばガンツさんも来るとか来ないとか、アンジェさんの水着がどうとか話していた気がして「ガンツさんもどう？」聞いてみる。

「ワシは人がいない時に行くからいい」

「そう？　じゃあまた後でってことで」

ガンツさんとそんな会話をした後、俺はリーサさんを呼んで近くに来てもらった。

それからデューク様のお屋敷の庭へ、転移ゲートを繋ぐ。

転移ゲートで移動すると、そこにはデューク様一家と、セバス様、デューク様のところで働いているダンさんという男性、メイドさん数人、それにキャシーさん、シャルルさんが立ったままで待っていた。

「おはようございます。えっと、約束の時間には遅れていなかったと思いますが？」

なんでこんなに勢ぞろいしてるんだ？　とビビりながら聞く。

デューク様が割とうんざりした様子で言う。

「遅れてないが……待ちきれなかったようで、三十分ほどこの状態だ」

ええ、なんでそんなに早く？

デューク様の隣では、アリー様がワクワクした様子で俺を見て言ってくる。

「おはようケイン君、さあ早く行きましょう！」

アリー様のテンションの高さに驚いて、デューク様に聞く。

「まさか、こうやって待たせてたのってアリー様が主導ですか？」

「ああ、そうだ……」

俺とデューク様がヒソヒソ話していると……

「そこ！　コソコソしない！」

アリー様が目ざとく見つけてきて、怒られてしまった。

「「はい！」」

デューク様と二人して、姿勢を正して返事した。

その直後に転移ゲートをウォーターパークの入り口の前に繋ぎ、みんなに潜るように促す。

「これが転移ゲート？」

「話には聞いていたけど、不思議……」

「わ、本当に別の場所に繋がってる」

いろんな感想を漏らすメイドさんたちの声が聞こえてくる。

いちおう隠してたのに、転移ゲートの存在がバレまくりだな。

誓約書……もう面倒だからいいか。

転移ゲートでウォーターパークに移動した後、集まっているみんなに説明する。

「本日はウォーターパークのお披露目なので、入園料はいただきません。でも本来はあそこに見える窓口で料金を支払ってから中へ入ってもらいます。では、どうぞ」

俺は先に立って、ウォーターパークの中へとみんなを案内する。

「では、まずあそこの施設で水着に着替えてください」

そう言って水着を持ったみんなを、更衣室へ促した。

「分かったわ、エリー、マリー、行くわよ」

アリー様がエリー様、マリー様に声を掛けた。

「リリス、マリーを見ていてね」

それから、リリスさんという巨乳のメイドさんに頼む。

どうやら、リリスさんはマリー様の面倒をみる専属メイドらしい。まだ小さいからな、マリー様。

「リーサさん、一緒に行こ」

キャシーさんがリーサさんの手を取り、一緒に更衣室へ入っていった。

「ケインよ、行くぞ。案内頼む」

「分かりました。こちらへ」

俺はというと、デューク様に声を掛けられ、ショーン様、セバス様、ダンさんを更衣室へ案内する。

「ロッカーを開けて、着替えはそこに放り込んでください。あと、入れたら鍵をかけて、鍵は手首にでも巻いてください」

更衣室の使い方を指示すると、みんながそれぞれに返事する。

「うむ」

「「分かった」」

「分かりました」

しばらくして、みんなが水着に着替え終わり、更衣室から出ると……そこは、パラダイスだった。

うわ〜、水着のお姉さんがいっぱいだ〜。

目の前に広がるパラダイスと呼ぶにふさわしい情景に、ドキドキが止まらない。

「こら！　俺の奥さんもいるというのに、そうマジマジと見るなよ。まあ視線が釘づけになるのもしょうがないか」

「父上、私はどうかしてしまったのでしょうか？　さっきから胸の鼓動が激しく苦しいのです。こんなのは初めてです」

「デューク様、私はここにいていいんでしょうか？　いえ、ダメだと言われても帰る気はありませんが」

「ふむ、なぜだか滾(たぎ)りますな」

などなど、デューク様、ショーン様、ダンさん、セバス様はいささか暴走気味な感想を漏らした。

女性陣はというと、男性陣の水着に夢中な視線も気にせずに、ウォーターパークの解放感を楽しんでいるみたい。

互いに手を取り合いながらいろんなプールを試す者、遊具に興味を持つ者、いきなりウォータースライダーへ挑む怖いもの知らずな者など、思い思いに楽しんでいる。

……ダンさんが前かがみで少し歩きづらそうにしているが見なかったことにする。

そうこうしていると、水着に着替えたアリー様たちが俺たちの前にやって来た。

俺はみんなのブルンと揺れる胸に釘づけになる。

試着した時も見てるけど、やっぱキャッキャウフフな空間で見るおっぱいは格別だよね～。

目をキラキラさせている俺に気付いた様子で、アリー様が尋ねる。

「ケイン君、どう？　改めて水着を見た感想は」

「もう、ここを王国にしたいくらいです」

興奮しすぎて謎なことを口走る俺。

アリー様は相変わらずなぜかまんざらでもなさそうにしている。

「あらあら、まあまあ、うふふ。ならこの国の国民は全員が水着で過ごすのかしら？」

「ケイン、何を言っているのか分かっているのか？」

リーサさんが呆れているが、揺れる胸がないのでそっちには目がいかない。

リーサさんと違って胸がある女性たちは、水着姿で得意げにしている。

「あら、気に入ってくれたようで何よりだわ〜」

「っていうか、視線がずっと胸に釘づけだぜ。見ろよ、瞬きすらしてないみたいだぜ。くくっ」

アリー様、シャルル様に指摘されるけど、男の本能だからしょうがないよね。

そんなこんなでおっぱいに夢中になっていたら……

「ケイン、どうでもいいが、ずっと立っているのか？」

と、デューク様がうんざりした様子で言ってくる。

「俺はここに来る前からずっと立たされているんだが」

「はっ、失礼しました。では、これを」

俺はそそくさとその場にデッキチェアとテーブルを数セットを出す。

奥さんの水着姿を提供してもらっているので、なんとなく接待しなきゃ的な気持ちがあるんだよね。

デューク様を座らせた後は、泳ぎ方の講習に移る。

数名のメイドさんとダンさんに準備体操してもらい、プールに入ってもらって、泳ぎ方を教えていく。

指導して思うが、やっぱりこの世界の人たちは覚えが早すぎるよ。

なんで教えてないバタフライができるの？　俺もできないのに。

そんな感じでしばらく泳ぎを教えた後、俺はデッキチェアのところに戻って休憩する。

デッキチェアにはお揃いのフリルのついたワンピースの水着を身につけた、エリー様とマリー様が先に座っていた。

「ねえケイン君、私には何も言ってくれないの？」

「マリーもいるよ」

「エリー様、マリー様、お久しぶりです。とてもお似合いですよ」

「「ありがとう」」

二人とそんな会話を交わした後、あることを思いつく。

「お二人にはこれをさしあげましょう。さあどうぞ」

俺は作っておいたイルカの浮き輪と、シャチの浮き輪を差し出した。

「これは何？」

ポカンとされたってことは、この世界にはイルカとかシャチとかいないのかな？

とりあえず浮き輪は水に浮かせて、しがみついたり乗ったりして遊ぶものだと説明する。

「え～、分かんない。遊び方を教えてよ」

エリー様にそう言われるが、俺の視線はなるべく大人の女性のブルンと揺れる胸から外したくない。

そんな俺の気持ちを無視するように、ペッタンコなものが視界を塞ぐ。

パラダイスを妨げるこれは一体？

そう思っているとペッタンコな貧乳のリーサさんの声が、頭の上からする。

「ケインは見すぎだ。このままだと目が乾くから、少し離れた方がいい。さあ行くぞ」

「ああ～、パラダイスが遠のいていく～」

リーサさんに手を引かれて、ブルンが大量のプールサイドから引き離されてしまった。

「もう、リーサさんも強引だな～」

「な、何を言うか。ケインこそずっと見ていただろう。まったく……」

リーサさんが嘆息しながら、寂しそうに視線を下に向ける。

リーサさんは他の人と違って下を向いても遮るような膨らみが何もないから、視界がよくて寂しいんだろうな。

俺は自分の貧乳ぶりに落ち込んでいるリーサさんの手を引き、ウォーターパークで遊ぶことにする。

急流下りや流れるプールのアトラクションに行ったり、二人でイルカの浮き輪にしがみついたりとまったり過ごす。

そのうち、リーサさんは機嫌が直った様子だった。

「ふぅ、こうやってぼんやりと流されるのもなかなかいいものだな」

「でしょ。作ってよかったよ」

まだ作りたいものはあったけど、あまり過激な遊具とかアトラクションを作りすぎると『ポロリもあるよ』となるので今は自主規制中だ。

ただ、ウォータースライダーはポロリがあるかも……後で様子を見に行かないとだ。

そうやって遊んでいると場内放送でチャイムが聞こえてくる。

その後、プールから上がって休むようにアナウンスが流れた。

リーサさんが不思議そうに聞いてくる。

「ケイン、今のはなんだ？」

「ああ。それはね、こういうこと」

俺はそう言って手鏡を出す。

リーサさんの顔を鏡に映して見せても『ん？』と首を傾げているので、唇の色が紫になっていることを指摘した。

「本当だ。なぜだ？」

「ずっと水に浸かっていると体温が下がるから、そうなるんだよ」

そう説明して、「ほら、そこの椅子に座ろう」とデッキチェアに促す。

俺たちが座ったら、エリー様とマリー様がやって来た。

「あ～、ケイン君、ここにいた～」

「いた～」

「エリー様、マリー様、どうです？　楽しんでいますか？」

「「もちろん！」」

同時に返事をする二人。

「水に浸かっているだけなのに楽しいよね」

「マリーはね、すべりだいがたのしいのです」

エリー様、マリー様がそれぞれに感想を言ってくれた。

「あのイルカ？　とかいうものに乗ったり、しがみついたままで流されるのも楽しいわ！　もう乗ってないアトラクションは、あの急なウォータースライダーを残すだけなのよ」

「でもマリーはだめっていわれたの」

いじけている様子のマリー様。

「ふふっ、それはしょうがないですね。マリー様は小さくて軽いから外に飛び出しそうですし」

「なら、だれくらいにおもくなればいいの？」

むくれて聞いてくるマリー様に向かって、胸に重量がありそうな人を思い浮かべつつ言う。

「それは、そうですね。アリ……」

そう口にしかけると、アリー様が怖い笑みを浮かべながら現れる。

「ケイン君？　それは私が重いってことかしら？」

「……いえ、そんなことは」

「あら、そうなら誰くらい重いといいのかしら？」

「そうですね、リ」

「『リ？』」

俺が言いかけると、リーサさんと、マリー様の側にいたリリスさんが同時に聞き返す。

「……リリスさん？」

「あ～、私ですか～、私重いですか～。ひどいです～」

リリスさんが即座に反論してくる。

体重じゃなくて胸の重さの話なのに～。

「マリー、これ以上はケイン君を困らせるだけだから、その辺で許してあげなさい」

「は～い」

アリー様がマリー様を止めて話は終わりになったが、いろいろと怒られて、なんかプールで泳いだ時より疲れてグッタリしてしまった。

その時、休憩終わりのチャイムとアナウンスが流れ、みんなでプールへ向かう。

「ケイン？　どうした、行かないのか」

「なんだかさっきの会話で疲れたみたい。何か飲み物をもらってくるね」

プールサイドの食堂では、デューク様のメイドさんが交代で働いてくれている。なので、軽食くらいなら用意してもらえる。

焼きそばとアメリカンドッグの作り方を教えて用意してほしくなるけど、疲れたから飲み物だけにしておこう。

なにげに用意されている、以前俺が作ったかき氷のシロップが結構充実していたので、後で食べてみよっと。

そうこうして、飲み物を手にリーサさんのところへ戻る。

「はい、リーサさん」

「すまない」

「そういえばデューク様たちはどこにいるんだろう？」

「あそこにいるみたいだぞ」

リーサさんとそんな会話をしつつ、リーサさんの指差した方を見た。

リーサさんの言う通り、デューク様とショーン様が、急勾配のウォータースライダーの上で騒いでいるみたい。

よ～く見るとショーン様がすくんで滑らないのを、デューク様が無理矢理行かせようとしている様子だ。

「ぎゃ～、押さないでください父上！　自分のタイミングで行きます！」

「そう言って、もう十分くらいそのままだろう。いいから行け！」

よ～く耳をすますと、そんな声が聞こえてきた。

その後、デューク様は手すりを掴んでいたショーン様の手を、無理矢理に離させる。

「うわあ～！」

悲鳴と共にショーン様が滑り落ちていくのが見えた。

デューク様、意外とスパルタなんだな。

そんなこんなでしばらくのんびりしていると、お腹が『ぐ～』と鳴る音がした。

あれ、だけど俺じゃないよな？

音のした方を見ると、少し恥ずかしそうに頬を染めているリーサさんがいた。

「き、聞こえたか？」

「うん、バッチリ！」

「ふぅ～、まさか朝食を抜いたがためにこんな辱め(はずかし)に遭うとは……」

「そんな大げさな。ていうか、なんで朝食べなかったの？」

「……なぜって、コレを着るのだぞ。見ろ！　こんなに腹部をさらけ出しているじゃないか！　これで朝食を食べていたら、お腹がぽっこりとしてしまうだろ。女として私はそれが……」

「もう、気にしすぎだって。そんなにいろんなところが細いのに気にしすぎだよ。他の人を見てよ。結構ぽっこりしている人もいるかもよ？」

「……」

「……リーサさん？」

無言になったリーサさんを見ると、顔がさっきとは違う赤みを帯びているような気がする。

え、俺何か赤くなるようなこと言った？

「ケインよ、今の言葉をもう一度、言ってもらえるか？」

「もう一度？　『気にしすぎ』っての？」

「違う！　その先だ！」

「あ〜、『結構ぽっこりしている人もいる』？」

「違う！　それでは行きすぎだ！」

「『気にしすぎ』？」

「違う！　その後だ！」

「『細い』？　これはどちらかと言えば、褒めていると思うんだけど……」

「違〜う！　その前に『いろんなところが』とつけたじゃないか。いろんなところってのは『コレ』も含んでのことだろう！」

そう言いながらリーサさんが水着の胸元を掴み、パタパタさせる。

あ〜、そんなにパタパタするとペッタンコな胸が見えちゃうから。

そんな風に思っていると、リーサさんがさらにヒートアップする。

「ほら、その目だ。私をそんな風に、かわいそうに～みたいな、気の毒そうな目で見ないでくれ！」

あれれ。確かにリーサさんは貧乳だけど、俺としては可愛いものを見るような目で見てたつもりが……これはまずいぞ。

「リーサさん、失言でした。ごめんなさい。確かに俺はおっぱいが好きだ！　でもその気持ちがあるのに、それでもリーサさんを選んだことを忘れてない？」

「……ケイン、こんなペッタンコな胸でもいいのか？」

「うん、それがリーサさんだから」

「……ケイン、その言い方はいただけないな。それは決して褒め言葉でも慰めでもないぞ」

ああ～、貧乳をフォローするつもりだったのに、ひっかけだったョ。

「………ごめん」

そんなぐだぐだしたやりとりはあったが、お腹が空いたままだと遊べないよね。

なのでリーサさんをなんとかなだめて軽食用の食堂へ誘い、何があるかなと覗いてみる。

「メニューはサンドイッチと飲み物だけか～」

「他に欲しいものがあるのか？」

「ちょっとね、よし！」

リーサさんと会話しつつ、中で働いているメイドさんに声を掛ける。

「すいませーん」

「ケイン……」

「あった、ジャガイモ！」

メイドさんがそう言ってきたので、慌てて話を逸らす。

「あっ、ありましたよ。ケイン様、これでいいですか？」

リーサさんに怖い顔で問いつめられていると……

「後学？」

「リ、リーサさん。これは後学のためにちょっと……」

「ケイン？　なぜそんなに身を乗り出すんだ」

裸ならぬ、水着エプロンかな？　後学のためにもちゃんと見ておかないと！

窓口からは上半身しか見えなかったけど、これはどういうコスチューム？

後ろを向いてしゃがんで探すメイドさん……って、エプロンの下は水着じゃないですか。

「ジャガイモですか？　ちょっと待ってくださいね……確かこの辺に……」

「あのねですね、ジャガイモってあります？　あればそれを使って、作ってほしいものがあるんですが」

「ええ、今は手が空いているのでいいですよ。それで？」

「ちょっとお願いがあるんだけど、いいですか？」

「あら、ケイン様。どうしました？」

「じゃあ油を鍋にいっぱいに入れて熱くして！　その間にジャガイモは芽を取って細長く切ってください」

まだ睨んでいるリーサさんを無視して、メイドさんに指示を出す。

「分かりました。まずは油ですね、鍋はこれで……油と……それでジャガイモを洗って切る……よっと。これでいいですか？」

メイドさんが、細長く切ったジャガイモを見せてくれる。

「うん、このくらいの大きさでお願いします」

その後、油がいい感じに熱せられてきたみたいなので、今度はメイドさんに油の温度を測ってもらう。

それから、鍋の中にジャガイモを投入するようお願いした。

すると『ジュワ～』という音と共に、油で揚がっていくジャガイモの匂いが充満した。

「よっと！　なんとか熱は通ったみたいですね。これでいいですか？　……って、え？」

俺に確認するメイドさんが、こっちを振り返ってびっくりしている。

というのも、メイドさんが料理してる間に、いつの間にか食堂の窓口には、人が群がっていたからだ。

フライドポテトの匂いに惹きつけられたんだろうな～。

「わっ、何？　あんたたち！」

びっくりするメイドさん。

「ねえ、いい匂いがするんだけど、何？」

「そう、何？」

「いい匂いです～」

口々に言いながら、群がった人々がメイドさんの持っているフライドポテトの匂いを嗅ぐ。

いつの間にか、リリスさんまで行列に並んでいた。

でも行列の先頭には俺がいるから、後ろから水着のリリスさんのブルンと揺れる胸が、ぎゅぎゅっと押しつけられる。

「おお、これは……」

おっぱいの感触が幸せすぎる～。

堪能していると、メイドさんが焦った様子で聞いてくる。

「ちょっと、ケイン様！　とろけそうな顔してますけど、聞こえてます？　これで終わりでいいんですか？」

「……あ、ああ、はい。後は油を切って皿に盛ったら、塩を軽く振りかけて完成です」

「はいはい……油を切って、塩と……はい、できました。どうぞ！」

「ありがとう！　行こう、リーサさん」

「……ケイン、私はいいが、このメイドたちも一緒か？」

リーサさんに言われて後ろを見ると、メイドさんたちが列をなしていた。

「え？　もう～。なんでついてくるのさ。フライドポテトはまた新しく作ってもらいなよ。はい、行って行って！」

「え～、そんな～」

「ちょっとだけ」

「ひどいです～」

口々に文句を言ってくるメイドさんたち。

「ほら、そんなことしてるから、窓口はいっぱいだよ。ジャガイモがなくなっちゃうよ？」

「「「それはだめ！」」」

メイドさんたちは一斉にそう言って、窓口に走っていった。

「じゃ、行こう！」

「ああ」

リーサさんを促して、デッキチェアがある場所に戻る。

それからデッキチェアに座り、作ってもらったフライドポテトをテーブルの上に並べる。

「さあ、食べよう。お腹空いてるよね？」

「ああ、この匂いはたまらないな」

二人同時にフライドポテトに手を伸ばし、口に入れる。

「「美味い！」」

これこれ！　久々だ～、やっぱりいいな。

前世では、六十代以降は口にしてなかったからな～。

「ケイン。美味いが、食べるのが止まらない。どうしよう」

「ははは、リーサさん。よっぽどお腹空いていたんだね」

「空いてはいるが……それとはもっと別の、本能がこれを求めている！　みたいな感じで、理性で止めることができないんだ」

揚げ物の魔力はすごいな～。

リーサさんとそんなことを話していると、シャルルさん、キャシーさんがやって来た。

「へぇ～、そんなに美味いのか？　どれ。おっ、こいつはいい！」

いきなり割り込んでフライドポテトをつまむシャルルさん。

「ちょっとシャル！　お二人を邪魔しないの。ごめんなさいね、ケイン君、リーサさん。ちょっとその匂いが気になってね。ほら、シャルも謝るの！」

キャシーさんがシャルルさんを怒るが、シャルルさんは止まらない。

「もう、いいじゃねえか。それよりキャシーも食べねえとなくなるぞ。ほら！」

「だから、それは……ムグッ。あら、美味しい！」

「だろ？　オレももう一つ……って、リーサよ。いいじゃねえか、ケチケチすんなよ」

キャシーさん、シャルルさんがパクパク食べるので、リーサさんがフライドポテトを取り上げた。

「これはケインと私のものだ。欲しければ、あそこに並べ！」

「あそこって、あれか！　冗談だろ？　あんなに並んでいるじゃねえか。なあ、あと一本だけ。な？　いいだろ」

「断る！」

窓口の行列を見たシャルルさんが、しつこくリーサさんに頼む。

「チッ。分かったよ……ケイン、あの約束に上乗せするから、それ、もらえないか？」

リーサさんがダメだと分かった途端、俺にウインクしてくるシャルルさん。

「あの約束って、例の？　ムフフなお礼ですか？」

「ああ、そうだ。とびっきりのを用意するからよ」

「約束ですよ？」

「ああ約束だ」

シャルルさんに確約してもらえたので、献上品としてフライドポテトを差し出すことにした。

「リーサさん、フライドポテトはもう結構食べたから、いいよ。シャルルさんに食べてもらおう」

「ケイン、そんな奴にやることはない！　だってまだ『あ〜ん』もしていないじゃないか！」

「そんなのサンドイッチだってできるじゃない。それに……」

「それに？」

「油分を取りすぎると太るよ」

急に深刻な顔になるリーサさん。

「……太るのか？」

「うん、間違いなく」

「待て、ケイン。なら私は食べるべきじゃないのか？」

「リーサさん、人は太らせる場所を選べないんですよ」

「ぐっ。そう……なのか。では私の場合はこのままなのか……」

貧乳が治らないと知り、リーサさんは悔しそうにしている。

「だから、俺はそのままでいいって言ってるじゃん。もういい？」

「ああ、分かった。仕方ない。シャルよ、持っていってくれ」

「くれるって言うならもらうが、なんだか今の短い間に気になるワードが連発されたように思うけど？」

「ケイン君、『太る』って言った？　ねえ、ちょっと私の目を見て話そうか？」

シャルルさんとキャシーさんが、俺に詰め寄ってくる。

「き、気のせいじゃないですか？」

「そ、そうかな？　じゃそういうことにしておこうかな……」

フライドポテトの誘惑に勝てない様子で、キャシーさんが呟く。

そんなキャシーさんを笑うシャルルさん。

「別に、少しくらい太ったっていいだろ」

「シャル！　あなたは細いからそれでいいかもしれないけど、私には十分問題なの！　だから……ムグッ。美味しい。もう一つ。ぱくっ」

シャルルさんにフライドポテトを口に押し込まれ、キャシーさんは食べるのが止まらなくなってしまった。

「くく。これでキャシーも落ちたな。って、ついに皿抱えやがった。おい、オレもまだ食うんだからな。おい！」

自分で食べさせたのにキャシーさんにフライドポテトを奪い取られてしまい、慌ててシャルルさんが騒いでいた。

そうこうしているうちに、いつの間にかプールで遊んでいる人がいなくなった。

原因は分かっている。

分かってはいるが、俺のせいではないはずだ。

「……ねえ、ケイン君。あそこの軽食の窓口なんだけど、異様に混んでいると思わない？」

俺がしらばっくれようとしていると、アリー様がやって来て問いつめられた。

「へっ？　アリー様？　な、なんで俺に言うんですか」

「だって、あなたのせいでしょ。っていうかそれね、原因は」

アリー様が、俺の持っているフライドポテトを指してため息を吐く。

「絶対、それよね。は～、まさか、食べ物までやらかすなんてね」

「俺が食べたかっただけなんですけどね」

「そうなのね、やらかしには無自覚なのね。なら、しょうがないわね……って、そうはならないから！　ほら、あれを見てごらんなさい。あの人なんて冷えたエールまで用意させて、それをつまみに楽しんでいるわ」

「あ～、おつまみに最高ですもんね。そりゃこうなるか」

いいな～。体が子供じゃなきゃな～。

のん気に思っていると、アリー様が俺に迫ってくる。

「それで、この事態はどうするつもりなの？」

「ええ、俺に何をしろと？」

「あらあら、まあまあ、うふふ。だってケイン君のリクエストで作ったんでしょ？　なら、最後まで責任を取らないと」

「それは言いがかりなのでは？」

「でも、きっかけはケイン君だもの。無責任なのはよくないわ。とにかく、この騒動をなんとかしてちょうだい。お願いね」

それだけ言ってから、アリー様はどこかに行ってしまった。

「ケイン、どうするんだ？」

リーサさんに聞かれて、俺はインベントリから紙とペンを出す。

「う〜ん。気は進まないけど、これでみんなの目を覚ますことにするよ」

俺は用意した紙にあることを書き、食堂の窓口にペタッと貼る。

書いたの内容は『ＳＴＯＰ！　暴食暴飲！　油分は脂肪となり取れなくなります』というものだ。

そのうち、行列に並んでいた人たちが、次々に貼られた紙の内容に気付く。

「いやぁ〜、嘘よぉ〜！」という女性たちの絶叫が連鎖していった。

よしよし、効果あったっぽいな。

俺はもう一枚張り紙を用意し、それもペタッと貼る。

それを見たメイドさんたちは五十メートルプールに飛び込み、バタフライで泳ぎ始めた。

「ケイン、今度は何を書いたんだ？」

リーサさんがそう言って、張り紙を覗き込む。

「どれどれ……『体についた脂肪は運動で燃焼するのが一番！　特に水泳は全身運動になりバタフライは一番燃焼が激しい！』……か、なるほど。それであんなに必死に泳いでいるのか」

「どう、リーサさん？　なんとかなったと思わない？」

食堂を見ると、もう並んでる人はいない。

いちおうアリー様の要求は解決できたかなと思い、そう確認してみる。

「確かにな。でも、そんなことお構いなしに楽しんでいるヤツがいるぞ。ほら、あそこに」

リーサさんが指差した先にはデューク様がいて、冷えたエールとフライドポテトを楽しんでいた。

「ああ、あの人はいいの。ちゃんとアリー様に怒られるから」

「そ、そうか？　お気の毒に」

そんなこんなでお昼が過ぎ、まったりと遊んでいるうちに、夕暮れが近付いてきた。

「ケイン君、そろそろ帰ろうかと思うんだけど、いいかしら」

アリー様に言われて頷く。

「そうですね、そろそろいい時間だと思います。では、今から営業終了のアナウンスを流しますね。アリー様たちは水着から着替えたら、入園ゲート前に集合でお願いしますね」

「分かったわ、お願いね」

俺は早速、営業終了のアナウンスを場内に流した。

プールから出てシャワーに入って退場してくださいというアナウンスに従い、プールにいた人たちがゾロゾロといなくなっていく。

「じゃ、俺たちも着替えようか」

「ああ、そうしよう」

リーサさんにそう促して、俺たちも帰る支度をすることにした。

しばらくして、みんなが着替え終わったので、入場ゲートの前に集まってもらう。

その時アリー様が近くにいたので、ウォーターパークの感想について聞いてみた。

「アリー様、この施設はどうでした？」

「そうね、夏の間の暑い時期なら申し分なく楽しめるわね。私たち家族も十分に楽しめたわ。これならいつ開業してもきっと大丈夫よ……と、言いたいところだけど、水着の販売がまだだったわね。どう？　ここの中に、私がオーナーとして水着を売るお店を出しても構わないかしら。ついでに軽食の食堂もオーナーになるわよ」

「それはいいお話だと思います」

アリー様って、デューク様より経営の才能あるんじゃないかな。

その後アリー様には、プールの監視員とか、ウォーターパークの責任者とか、人材を確保してもらうようにお願いした。

その後でついでに、開業の準備が整うまで兄ズがウォーターパークで遊んでもいいという許可をもらっておく。

兄ズの友達の多さや彼女の存在にキレてたけど、俺も十分キャッキャウフフを堪能したから、今は心が広いんだ。

そんなこんなで転移ゲートをお屋敷のお庭へ繋ぎ、みんなに潜ってもらってウォーターパークを後にした。

「楽しかった！」

「ありがとね」

お屋敷の人たちはみんな楽しんでくれたようで、それぞれがお礼を言ってくれた。

準備含めて大騒ぎだったけど、俺も大満足だったし、作ってよかったな～。

そんなことを考えていると、リーサさんが声を掛けてくる。

「ケイン、お疲れさまだな」

「リーサさんもお疲れさま、今日一日付き合わせちゃったね」

「秘書である私の仕事だ。気にしないでくれ」

ドヤ顔で言うリーサさん。そういえばそうだった。

なんか秘書らしい働き、特にしてない気がするけど、まあこれから頑張ってもらえばいいよね。

「うん、分かった。じゃ、明日ね」

「ああ、また」

そんな感じでリーサさんと挨拶を交わし、転移ゲートをリーサさんの部屋の前へ繋いで、リーサさんを見送った後に、今度は自宅に繋いで俺も帰宅する。

「ただいま～」

「ケイン、ウォーターパークの開業、どうなった⁉」

「水着は売ってくれるの⁉」

俺が家に入った瞬間、兄ズが突撃してきて、質問される。

なのでウォーターパークで起きた出来事とか、そろそろ彼女とのデートに使えそうだとか、いろいろと兄ズに話してあげた。

13　妹ができました

そんなこんなでモノ作りしているうちに、月日は流れた。いろいろな発明や工作に没頭していると、時間なんてあっという間だったよね。

八月になると、今度は本当に母さんが産気づいたので、父さんが慌てて言う。

「おい、早く産婆(さんば)さんを呼びに行かないと！」

やって来た産婆さんに急かされてお湯を準備したり、キレイな布を用意したりとてんやわんやだった。

その後、母さんは無事に双子の女の子を出産。

つまりは俺たち兄弟の、妹二人が誕生したんだ。

名付けでは父さんと母さんで多少揉めたりはしたけど、父さんが提案した名前、『ミラ』と『ユラ』に決まった。

「お父さん、どうしてこの名前になったの？」

俺が聞いたら、父さんが微笑んで言った。

「これは俺と母さんがよく行っていたレストランに勤めていた、仲良し姉妹の名前なんだよ」

なんかそう聞くと、思い出が詰まってていい名前だな～。

それからしばらくは双子の妹たち中心の生活となった。

「今度は俺たちがお世話する番だ！」

そう言いながら、父さんだけでなく俺も兄ズの一丸となって妹たちの世話を頑張ったよ。

俺が赤ちゃんに転生した頃は衛生環境が今ほどよくなかったから、免疫力がつくある程度の年齢まで部屋の外にすら出られなかったけど、今は俺の発明でいろいろ改善している。

だから妹たちとは、割と早く部屋の外で触れ合うことができた。

妹たちのどちらかが泣きだすと、俺と兄ズがいつも飛びまわっていた。

「今度はどっちが泣いてるのかな？」

そんな風に言いながら、オムツが汚れてたらみんなで連携して交換した。

でも、お腹が空いた時だけは、ちょっと俺たちの手に負えない。

なので「母さん、お腹減ったみたいだよ！」と妹たちを母さんに差し出して頼んでおいた。

妹たちが一歳になってハイハイが始まると、さらに大変だったな～。床をずっとキレイにしないといけないからさ。

俺なんて、発明でいろいろ作ってると細かいクズがつくことがあるから、「家に直接転移ゲートで帰ってくるのはダメ！」とか禁止されてしまった。

玄関でゴミを払ってから入ることがルールになったんだけど、まあ妹たちのためだからしょうがないよね。

サム兄さんなんて、普通に片付けができないから、「散らかさないでよ！」って母さんに散々怒られてたな。

一歳半になると、妹たちが「あ～う～」っていう赤ちゃん言葉だけじゃなくて、簡単な言葉なら喋りだすようになった。

それで家族みんなで「誰が最初に名前を呼ばれるか」っていう競争になっていった。

もちろん一番最初は「ママ」で母さんが優勝。サム兄さんが二番目で、俺が三番目、クリス兄さんが四番目で、最後が父さんだった。

サム兄さんは二番目だったから嬉しそうにしてたな。

「俺、やっぱり妹たちのお気に入りなんだよ！」

「そんなことないよ、ただの偶然！」

そう言いながら胸を張るサム兄さんに、クリス兄さんは珍しくムキになってたな。

俺？　まあ、三番目だったからちょっと残念だったけど、でも妹たちが名前を呼べるようになったってことがすごく嬉しかったから、それだけで満足だ。

「おい、俺が最後だなんて信じられないぞ！」

父さんはかなり悔しがってそう言っていた。

でも、いつも仕事でいないから仕方ないよね。

妹たちが二歳になったら、またまた大変だった。なんでも口に入れようとするから、一瞬も目が離せないんだ。

何か見つけると、次の瞬間には口の中に入れようとするからさ。

俺とサム兄さんは、特に注意されてしまった。

俺の場合は、発明品とか道具とか、なんでも出しっぱなしにしないようにって言われた。

妹たちが興味を持って手を出したら、怪我するかもしれないから気をつけないとだよね。

サム兄さんも相変わらず「散らかさない！」って怒られ続けてたな～。

妹たちが三歳になったら、またもや大騒ぎだった。

みんなの後を追いかけて走りまわったり、妹たちだけで遊び続けたりするし、行動範囲も一気に広がるからね。

それと同時に俺には新たな禁止事項が増えてしまった。

それは、『家の敷地内での転移ゲート使用禁止』だ。

移動できないのは面倒なんだけど、妹たちが知らない間に転移ゲートを通ったら危ないからしょうがないよね。

あと、この三歳の年に、初めて妹たちが家族と産婆さん以外の人たち……つまり、俺の知り合いにもに会うことになった。

まず最初に会ったのは、リーサさん。

妹たちを見た瞬間、リーサさんの目が輝いて、まるで何かのスイッチが入ったみたいに妹たちに飛びついていた。そのせいで、妹たちがギャン泣きしてしまった。

この事件のせいでしばらくの間、妹たちはリーサさんを見るたびに誰かの背中に隠れちゃうようになって、リーサさんはすごく悲しそうな顔をしてたな。

まあ妹たちの可愛さに理性が吹っ飛んでしまった結果だから仕方ないよね。

でも妹たちは天使なので、リーサさんを見てかわいそうだと思ったらしい。

そのうち自分たちからリーサさんに近寄り、リーサさんを『い～こい～こ』とするみたいに頭を撫でていた。

リーサさんはまた理性が飛んでいきそうになってたけど、「ぐぬぬ」とか言いながら必死に我慢していた。また暴走したら、妹たちに嫌われると思って耐えてたんだろうね。

そんな感じでリーサさんと妹たちの関係は、徐々に深まっていった。

が、問題はガンツさん。

別に妹たちにガンツさんが直接何かをしたわけじゃないのだが、なぜか妹たちはガンツさんに近付こうとはしない。

アンジェさんには自分たちから手を広げて寄っていくのに、その隣にガンツさんがいると分かるとガンツさんが視界に入らないように逃げていた。

俺は不思議に思い、アンジェさんにどうしてなのかと理由を聞いてみた。

「さあね。どうしてなのかしら」

アンジェさんは笑ってそう言うばかり。

え、結局アンジェさんも分からないの？

……というわけで、結局理由は何も分からなかったんだけど。

ちなみにガンツさんの息子さんたちも、小さい頃は妹たちと同じ反応だったらしい。

ガンツさんには小さい子が嫌う何かがあるんだろうか……

妹たちが四歳になると、もういろんなことが楽しいみたいで、なんにでも興味を持ち、いつも新しい遊びを見つけてくるようになった。

あと、俺とサム兄さんとクリス兄さん、三人をまとめて「にいちゃ」と呼ぶようになったんだ。

「あのさ、前はちゃんと『さむ〜』って名前を呼んでくれてたよな？　どうしてこんな風になっちゃったんだろうな？」

サム兄さんがちょっと拗ねた顔をしている。

「うーん、こんな風になるとはね。また名前で呼んでくれたらいいのに。できれば呼ばれる順競争からやり直したい……」

クリス兄さんは、まだ自分が四番目だったのを気にしてるみたいだ。

「そうだよね、もしやり直したら今度はサム兄さんがビリかもね！」

「ふん！　なんとでも言え。俺が母さんの次に呼ばれたのは確かだからな！」

サム兄さんは相変わらず自慢みたいで、得意げにしていた。

そんな風に兄弟で話をしていると、遠くからパタパタパタパタって足音が聞こえてくる。

「くりにいちゃー！」

「けいんにいちゃー！」

そう言いながらやって来たのは、ミラとユラ。

「何かな～」」

俺とクリス兄さんは、そう言って振り返る。

顔はものすごくゆるんで、人に見せられないほどデレデレだったと思う。

でも、妹たちが呼んでくれるとすごく嬉しいからしょうがない。

ちなみにサム兄さんだけはなぜかまだ「さむにいちゃ」とは呼ばれてないんだよね。

まあいつか呼んでくれるだろうから、頑張れ、サム兄さん！


その後、五歳になった妹たちはオシャレに興味持つようになった。

今まで男兄弟しかいなかったので、母さんも大喜び。

俺たちと違って可愛いものが似合うので、次から次に新しい洋服や小物を買ってきてしまうので増える一方だ。

まあ、その中の半分以上は俺からの貢ぎ物なんだけどね。

そんなわけで、俺は妹たちを連れて洋服のお店にもちょくちょく買い物に出かけるようになった。

今日は俺とリーサさんで妹たちをキャシーさんの店に連れていく。

すると、キャシーさんがにっこりと笑って迎えてくれる。

「いらっしゃい、ケイン君。今日は何を……あら、可愛いわね!?　この子たちが噂の妹ちゃん？」

キャシーさんが興味津々で尋ねてくる。

「そうです。今日は思いっきり可愛くしてもらおうと思って連れてきました」

俺がそう宣言すると、妹たちも同時に「「した～」」と俺の真似をする。

キャシーさんは笑いながら言う。

「うふふ、いいわね～。可愛くしてあげるわ」

また同時に「「うん！」」と返事する妹たち。

キャシーさんは妹たちの手を引き、店の奥へと案内していった。

そんな妹たちの様子をボーッと見ていた俺に、呆れた様子のリーサさんが言う。

「とんだ兄バカだな」

「そうだよね、でも妹たちが可愛すぎるんだよ。だからしょうがないよね、兄バカになるのも」

俺は笑ってリーサさんに応えた。

「そうか。私には分からないな」

そっけなく言うリーサさん。

「ええ、リーサさんもミラとユラに最初会った時は理性が吹っ飛んでいたでしょ？　なら、俺の気持ちも分かるんじゃないの」

「ま、まだ覚えてたのか……」

照れるリーサさん。

「妹たちでこれなら、自分の子供ができたらと想像すると、も～、たまらないよね」

リーサさんは少し赤くなって「ケ、ケインよ。それは……」と俺の手をギュッと握ってくる。

「あ、違うからね。俺はまだ成人じゃないからね」

「……いつまで待てばいいんだろうか」

俺が注意すると、リーサさんは肩を落としてシュンとしてしまった。

ミラとユラの服を買いに来ただけなのになぜか話は俺とリーサさんの子供の話へとシフトしたが、いろいろと俺の準備がまだだからな。

リーサさんを、もう少し待たせてしまうことになるな〜。

でも、もう少しだからね。待っててね、リーサさん。

月が導く異世界道中

Tsukiga Michibiku Isekai Dochu

あずみ圭

Azumi Kei

1〜18

8.5

シリーズ累計 350万部（電子含む）の超人気作!

TVアニメ 第2期

2024年1月から

2クール 放送決定!

異世界へと召喚された平凡な高校生、深澄真。彼は女神に「顔が不細工」と罵られ、問答無用で最果ての荒野に飛ばされてしまう。人の温もりを求めて彷徨う真だが、仲間になった美女達は、元竜と元蜘蛛!? とことん不運、されどチートな真の異世界珍道中が始まった!

2期までに原作シリーズもチェック!

●各定価：1320円（10%税込）
●illustration：マツモトミツアキ

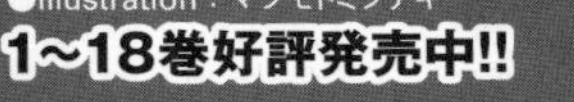

1〜18巻好評発売中!!

漫画：木野コトラ

●各定価：748円（10%税込）●B6判

コミックス1〜12巻好評発売中

転生しても実家を追い出されたので、今度は自分の意志で生きていきます

tensei shitemo jikka wo oidasaretanode kondo ha jibun no ishi de ikite ikimasu

Nagomi Fuji
著 藤なごみ

今世でも捨てられましたが、新しい家族と元気いっぱい暮らします！

また追い出されたちびっ子の、人生やり直しファンタジー！

バイト帰りに電車に轢かれて、命を落とした——はずが、目覚めると見知らぬお屋敷にいた！　どうやらここは異世界で、赤ちゃん・アレクとして転生したらしい。前世では実の母に捨てられ苦労した分、今度は自由に生きたい。そう考えたアレクだが、今世でもまた捨てられる運命だと知る。そこで可愛い妹分のリズと魔法を特訓し、来るべき日に備えることに！　やがて四歳を迎えたアレクは、リズと共についに森に捨てられてしまった。だけど極めた魔法で冒険者を始めたり、魔物の大群から町を救ったりと、ちびっ子二人は大活躍で……！？

●定価：1320円（10%税込）　●ISBN 978-4-434-32650-9

illustration：呱々唄七つ

最強付与術師の成長革命
追放元パーティから魔力を回収して自由に暮らします。
え、勇者降ろされた？知らんがな
Tsukino mint
月ノみんと
僕を追い出した勇者パーティが王様から大目玉!?
知らんがな。
自己強化&永続付与で超成長した僕は一人で自由に冒険しますね？
成長が遅いせいでパーティを追放された付与術師のアレン。しかし彼は、世界で唯一の“永久持続付与”の使い手だった。自分の付与術により、ステータスを自由自在に強化&維持できることに気づいたアレンは、それを応用して無尽蔵の魔力を手に入れる。そして、ソロ冒険者として活動を始め、その名を轟かせていった。一方、アレンを追放した勇者ナメップのパーティは急激に弱体化し、国王の前で大恥をかいてしまい……
◉定価：1320円（10%税込）　◉ISBN 978-4-434-31921-1　◉illustration：しの

追放された神官、【神力】で虐げられた人々を救います!
女神いわく、祈る人が増えた分だけ万能になるそうです
サイダ
著 Saida
1・2
万能な【神力】で、捨てられた街を理想郷に!?
俺だけに見える女神と\マイペース/救済生活はじめます!
教会都市パルムの神学校を卒業した後、貴族の嫉妬で、街はずれの教会に追いやられてしまったアルフ。途方に暮れる彼の前に現れたのは、赴任先の教会にいたリアヌンという女神だった。アルフは神の声が聞こえるスキル「預言者」を使って、リアヌンと仲良くなると、祈りや善行の数だけ貯まる「神力」で様々なスキルを使えるようにしてもらい——お人好しな神官アルフと街外れの愉快な仲間との温かな教会ぐらしが始まる!
◎各定価:1320円(10%税込)　◎illustration:かわすみ
女神様全面協力(?)お悩み相談でトラブルは万事解決!!

辺境伯家次男は
辺境伯家次男のやりすぎ異世界ファンタジー！
転生チートライフを
楽しみたい
著 ベルピー
【創生神の加護】でもりもり成長して、
のびのび異世界暮らし！
友達はもふもふ
家族から溺愛
ひょんなことから異世界に転生した光也。辺境伯家の次男、クリフ・ボールドとして生を受けると、あこがれの異世界生活を思いっきり楽しむため、神様にもらったチートスキルを駆使してテンプレ的展開を喜々としてこなしていく。ついに「神童」と呼ばれるほどのステータスを手に入れ、規格外の成績で入学を果たした高校では、個性豊かなクラスメイトと学校生活満喫の予感……!?　はたしてクリフは、理想の異世界生活を手に入れられるのか――!?
◎定価：1320円（10%税込）　◎ISBN 978-4-434-32482-6　◎illustration：Akaike
アルファポリス

この作品に対する皆様のご意見・ご感想をお待ちしております。
おハガキ・お手紙は以下の宛先にお送りください。

【宛先】
〒150-6008 東京都渋谷区恵比寿 4-20-3 恵比寿ガーデンプレイスタワー 8F
（株）アルファポリス　書籍感想係

メールフォームでのご意見・ご感想は右のＱＲコードから、
あるいは以下のワードで検索をかけてください。

ご感想はこちらから

本書は Web サイト「アルファポリス」（https://www.alphapolis.co.jp/）に投稿されたものを、改稿、加筆のうえ、書籍化したものです。

転生(てんせい)したから思(おも)いっきりモノ作(づく)りしたいしたい！３

ももがぶ

2023年９月30日初版発行

編集ー田中森意・芦田尚
編集長ー太田鉄平
発行者ー梶本雄介
発行所ー株式会社アルファポリス
〒150-6008 東京都渋谷区恵比寿4-20-3 恵比寿ガーデンプレイスタワー8F
TEL 03-6277-1601（営業） 03-6277-1602（編集）
URL https://www.alphapolis.co.jp/
発売元ー株式会社星雲社（共同出版社・流通責任出版社）
〒112-0005 東京都文京区水道1-3-30
TEL 03-3868-3275
装丁・本文イラストーriritto
装丁デザインーAFTERGLOW
印刷ー図書印刷株式会社

価格はカバーに表示されてあります。
落丁乱丁の場合はアルファポリスまでご連絡ください。
送料は小社負担でお取り替えします。

ISBN978-4-434-32660-8 C0093